新装版　命の器

宮本 輝

講談社

目次

Ⅲ

命《いのち》の器《うつわ》

I

吹雪

列車は停《と》まったままだった。もう一時間近く、北陸の雪原の中に閉《と》じ込められて、いっこうに動きだそうとしなかった。あんなにもすさまじい雪は、あとにもさきにも、二十五年前の、大阪から富山に向かう立山一号の満員の車内の窓から見たもの以外、一度もない。

「これが、吹雪《ふぶき》というやつや」

と父が教えてくれた。座席には、十歳の私と、父と母、それに見知らぬ鳥打ち帽の男が一緒だった。男は大きな旅行鞄《かばん》を通路側に置き、その上にウィスキーの壜《びん》やら地図やら手帳やらを乗せて、ときおりその脂《あぶら》ぎった赤い顔を私に向けた。愛想笑いひとつ浮かべず、私を見つめる男が気味悪く、私はきっとこの人は悪い人なのだと思った。大きな旅行鞄が、通路を歩く人の邪魔になっていることなどまったく意に介さず、ウィスキーを呑《の》み、カマボコを食べている。外は一メートル先が見えないほどの吹雪である。

それまでひとことも発しなかった男が、突然口を開いた。

「このぶんやと、着くのはあしたの朝になるかもしれまへんなァ」

あしたになろうがあさってになろうが、どうでもいい。そんな言い方であった。

「月に二、三回、富山へ行きますが、こんな雪は初めてですなァ」

父は黙っていた。男の言葉に何の返答もせず、煙草《たばこ》を喫《す》っていた。それで私は、父もこの男を悪い人だと思っているのに違いないと考えた。父は口髭《ひげ》をはやし、太い眉《まゆ》と切れ長の目をしていた。父が本気で怒って睨《にら》みつけると、たいていのチンピラは怖《おじ》気《け》づいた。私たちはすべてを売り払い、知人を頼って富山に新天地を求めるべく、立山一号に乗ったのである。

「どうです、一杯。悪い酒やおまへんで」

男は父にウィスキーのキャップを差し出した。父はことわったが男はしつこくすすめた。

「わしは、酒はやらんのじゃ。酒の匂いを嗅《か》ぐだけで胸が悪うなるけん、どこか他の席に移ってくれ」

父は煙草のけむりを男の顔に吹きかけてそう言った。母が怯《おび》えた顔で父を見ていた。父は寝起きに一杯、昼にも一杯、夜には腰をすえて一升酒という酒豪であった。

男は少したじろいだようだった。満員で、通路には席を取れなかった人たちが新聞紙を敷いて坐り込んでいる状態だったから、他の席に移れと言ったのは、父がはっきり男にケンカを売ったのと同じだった。だがそういうタンカを吐くときの父の顔には、一種泰然たる風格と気迫がみなぎっていた。

「そないムキにならんでも……」

男は作り笑いを浮かべ、

「大将、伊予のお方でっか」

と訊《き》いた。愛媛《えひめ》県の南宇和《うわ》郡出身の父は、死ぬまでいなか言葉を使った。男は居心地が悪そうに体を通路側にねじり、父に背を向ける格好で地図をひろげた。

「ほんまに、あしたまでに着けへんのん？」

私は心配になって父に訊いた。

「春になったら着くけん、安心しちょれ」

父は笑い、それから腕を組んで目を閉じた。こんどは男は私に話しかけてきた。ひろげた地図を見せ、

「ぼくは、どこへ行きはるんや」

と訊いた。

「知らん」

私は目を閉じている父を窺《うかが》いながらそう答えた。

「おっちゃんにもなァ、あんたぐらいの子供がおるんや。女の子やけどなァ」

だが無愛想《ぶあいそう》な親子にこれ以上かかわっているのは面倒《めんどう》だと思ったのであろう。男は人々の間を縫《ぬ》って便所へ行き、帰って来ると、そのまま眠ってしまった。私はスチームの熱で火照《ほて》る頬《ほほ》を窓ガラスに押し当て、すさまじい吹雪を見つめた。いつまでも見つめた。列車はやがて動きだした。そしてまた停まり、しばらくして再《ふたた》び動いた。そのうち、私も眠った。目を醒《さ》ますと、窓外は漆黒の闇《やみ》で、列車はゆっくりとした速度で進んでいる。父の膝《ひざ》の上には男の持ち物である地図が置かれ、殆《ほとん》ど空になったウィスキーの壜が、父の掌《たなごころ》に握られていた。男と父は、小さなキャップにウィスキーをついで、差しつ差されつ仲良く話に興じている。父は男のカマボコを勝手につまんで、私の口の中に入れた。

「これが神通川《じんずうがわ》です。ここらの土地はまだ安いし、工場に出来るような家がなんぼでもおまっせ」

男は、指先で地図の上をなぞり、ここが豊川町、ここが総曲輪《そうがわ》と説明した。立山一号は、予定より四時間遅れ、夜の十一時過ぎに富山駅に着いた。私たちと男はホームで別れた。女が男をホームまで迎えに来ていた。男は旅行鞄を置くと、女の手から、まだ二つか三つぐらいの男の子を抱き取って頬ずりした。

「女房の子供より、あの女の子供の方が愛《いと》しいんじゃろうのお」

父は私の手を引いて独特の笑みを浮かべつつ呟《つぶや》き、暗い改札口へ歩いて行った。二十五年前の私は、ただ窓から見つめた吹雪の光景しかおぼえていない。だからおそらく、鳥打ち帽の男のことは、私が心に描いた作り話であろう。私にはそんな病気があるのだ。

父がくれたもの

馬鹿《ばか》でも何でもいい、とにかく無事《ぶじ》に大きくさえなってくれれば結構だ。そんな育てられ方をしたので、私はまことに欠陥だらけの人間として成人し今日に至っている。父には子供が出来なかった。もはや自分は子供には恵まれないとあきらめてしまっていたらしい。それが五十に近くなって、まるで降って湧《わ》いたように私が生まれたのだった。だが赤ん坊の私は腺病質で、母は毎日病院通いに明け暮れた。父は祈るような気持ちで、自分の一粒種《ひとつぶだね》を猫可愛《ねこかわい》がりして育てたのである。

「死なんとってや。大きいにさえなってくれたら、他《ほか》には何にも望まんさかいなァ」

酔った父が私を膝に乗せて、何度も酒臭い息で言った言葉を、私はいまでもときおり自分の耳の奥に聞くことがある。小学校にあがってからも、私はよく風邪《かぜ》をひいて熱を出した。学校を休むことが多く、それがあたりまえみたいになってしまって、たいした風邪ではない場合でも、私は学校を休みたがった。行かせようとする母と、行かせまいとする父との間で、しばしば争いがおこった。

「学校は出たわ、早死にしたわ、てなことになったらどないするんや。勉強なんか出来んでもかめへんのや。アホでもええ、根性なしでもええ。大きいにさえなってくれたら」

その父の言葉で、母は大きく溜息《ためいき》をついて、もう勝手にしなはれとばかりに口をつぐんでしまうのである。私は父の過保護をこれ幸いと、蒲団《ふとん》に寝ころがって童話の本や漫画やらを一日読みふけって過ごしたものだった。そんな私を、父はよく道頓堀の寄席や芝居や映画、ときには文楽《ぶんらく》見物につれて行った。外国映画を観《み》るときなどは、まだ漢字の読めない私の耳元で、字幕スーパーを始めから終りまで読みつづけてくれるのだった。いまはもう失《な》くなってしまったOSミュージックホールのかぶりつきに私をともなって、乳房も露わな踊り子を見せてくれ、お母ちゃんには内緒やでと口止めをするのだが、母からきょうはどこにつれて行ってもらいはったんやとじわじわ誘導尋問《じんもん》されて、私はお乳を出してキラキラのフンドシをしめた女の人のいるところに行ったと白状してしまい、それでまたひと悶着《もんちゃく》起きるのである。

そうやって大きくなった私は、中学生になっても小学生程度の体格で、いっこうに声変りもせず、クラスでもとびきりチビでしかも勉強嫌《ぎら》いだった。修学旅行に行って級友たちと風呂に入った私は愕然《がくぜん》と目をみはった。みなタオルで前を隠し、あいつのは何センチ、あいつのは黒い亀などと品定めをしている。伸びかけのヘアーをゆらゆらと湯舟の中でなびかせている者もいる。私はと言えば、生えるべきものはいっこうにその兆《きざ》しを見せず、一物もうなぎの頭の皮かぶり。帰ってからも悶々《もんもん》と思い悩み、悩み抜いた末に父に相談した。父は老眼鏡をかけると、真剣な表情でズボンを脱《ぬ》いで前を見せてみろと促《うなが》した。父は長い間、私の股間に眺《なが》め入《い》っていたが、やがて恐しく厳粛《げんしゅく》な顔つきで言った。

「よう見てみィ。うぶ毛がちょっとだけ濃《こ》いなってる。生えてきた、生えてきたでェ」

それからおまじないだと言って、自分の唾《つば》を指先につけると、私のその部分に何度も丹念に塗りつけた。私はなんだかひどく汚ないものを塗られた気がして、銭湯に行ってごしごし洗い流したが、父の唾の威力なのか、それからまもなくにめでたく待望のものの出生をみたのである。父はそれを知ると、私がいぶかしく思う程の喜びようで、しつこく見せろ見せろと迫ったが、私はにわかに恥しさに襲われて、かたくなに拒《こば》み通した。そしてその頃から、私はなぜか父をうとんじるようになっていった。父は事業に失敗して、殆《ほとん》ど家に寄りつかなくなり、よその女のもとで暮らすようになった。父は見るたびに憔悴《しょうすい》し老いていった。二十代からずっとたくわえてきた手入れの行き届いた口髭には、しばしば鼻汁がまとわりついて固まっているのだった。父がたまに家に帰ってくると、私は何やかやと口実を作って表に出て行き、出来るだけ顔を合わさないようにした。そんな私を、父はある哀《かな》しさの漂《ただよ》う目で見つめた。いま、私はときおりおさえがたい悔恨とともに、そのときの父の目を思い出す。父は私が二十二歳のとき、精神病院で死んだ。このことはしばしば幾つかの随筆の中で私は書いてきた。

父は五十歳で子の親となったが、私は二十八歳でふたりの子の親になった。だが、父という存在にある特別な思いを抱くようになったのは、私が子の親になったからではない。私が小説を書くようになったからである。そのことに、私は最近になって気づいた。父との思い出はさまざまなものが複雑にもつれ合って、ひとことで言い表わすことなど出来はしないのだが、私を溺愛し、どんな人間でもいい、ただ大きくなって欲《ほ》しいと念じつづけてくれた人がこの世にあったということを、筆舌に尽くしがたい感謝の念で思い起こすのである。父の買ってくれた本、父の観せてくれた映画、父の塗ってくれた唾、そして身をもって私に示してくれた精神病院での、終生忘れることのない臨終の姿。いま私はそれら数限りない父からもらったものを懐《ふところ》におさめて、小説を書いているのだ。

わが心の雪

富山の雪――そう書き出すだけで、私の心はまるで機械じかけのように、冷たく暗い風景を浮かべてしまう。

この小さい日本に雪国は数多い。だが、私には、富山の雪は特別である。あの白い雪が、決して純白のものとして心の中に捺《お》されていないという点において、富山の街をうずめつくす雪は特別なのである。私が富山での生活を経験したのは十歳のときの、それもわずか一年間だけのことであるのに、私の内にこやみなく降りつもる雪は、あの富山の鉛色の雪であって、他のどの雪国にもない独自なものである。雪が降り始めると、街は次第《しだい》に鉛色に変わっていく。身を屈《かが》めて歩く人も、家々の屋根も、空も校舎も古びたビルも、市電も、市電のレールも、さらには人々の営《いとな》みまでも鉛色になっていく。そんな記憶が、鮮明に私の心に残っている。だから、私は富山というところが嫌いだった。殆《ほとん》ど、憎んでいたといっていいくらいの感情を抱いていた。それは富山の雪に対する気持ちだけではなく、二十数年前、富山で起こったさまざまな個人的な体験に由来しているのだが、こうやって文章をしたためながら、だんだんと心の中に降りつもり始めた雪を見つめていると、嫌悪や憎しみの奥に、やはりどうしようもない郷愁を感じている自分に気づかざるを得ない。

私は三年前、富山のテレビに出演するため、ちょうど二十年ぶりに富山を訪《おとず》れた。ビデオどりも終わり、駅前のホテルに帰って来てひと息つくと、ベッドにもぐり込んだ。夕刻から降っていた雨はやんで、窓の外の夜空には雨のあとの優しさがあった。私は眠れないので、窓のところに坐って煙草を喫《す》った。そうやって、真夜中の富山の街を見つめていた。駅前から富山城へと伸びる大通りには人っ子ひとりなく、濡《ぬ》れたアスファルトの道が湖面のように光っていた。冬になると、ここに雪が降りつもるのだなと思った。その瞬間、たまらない懐《なつ》かしさに襲われた。二十年前の、少年時のたった一年間の富山での思い出が、あたかも自分の少年時代におけるすべてであるかのような気がしてきたのだった。ふと石川啄木のことを思った。薄幸の詩人が、故郷を憎しみながらも烈《はげ》しく愛したように、自分もまた、第二の故郷といえる富山を愛しているのではないか。私はいつまでも夜更《よふ》けの富山の街に見入りながら、雪が降ればいいのに、と思った。確か夏の終わり近くで、雪など降る筈《はず》もなかったが、そのとき私は烈しく、富山のあの陰鬱《いんうつ》な雪を眺めたい、あてどなく雪道を歩きたいと思ったのである。

私は八人町小学校に転入し、一年後に再び大阪に帰ったが、その後いつまでも、仲の良かった級友や担任の荒井三千男先生のことを忘れることが出来なかった。二十年ぶりに富山を訪れた際、桜木町で料理屋を営んでいる級友のひとりが席を設けてくれ、そこにお歳を召されたが、まだまだ元気そうな荒井先生と数人のクラスメートが集まってくれた。私は全部の顔をおぼえていて、みんなを驚かせた。ごく二、三人の女性をのぞいて、名前までおぼえていたものだから、私のことはまったくおぼえていない、そう言われれば、そんな生徒がいたような気もするといった程度にしか記憶を取り戻せないと申し訳なさそうに仰言《おっしゃ》る荒井先生の表情は、こちらが恐縮するくらい真剣なものであった。級友たちの顔だちは、二十年たっても少しも変わっていなかった。酒が廻ってくるにつれて、それまで黙っていた級友のひとりが言った。

「宮本は『螢川』の中で、富山の雪を少しも白くない、不思議な鉛色の光を放っているっちゅうふうに書いとるが、俺もほんとそうやと思うがや」

するともうひとりが、相槌《あいづち》を打った。

「金沢や新潟の雪も知っとるけど、富山の雪はまたそれとはちょっと違うちゃ。不思議やのお」

みんなは、次は雪の季節にこいと言ってくれたが、私はまだその機会を得ずにいる。

大地

私の父は、日中戦争が始まる前まで、対中国貿易を営《いとな》んでいた。戦争は、その国の人々のすべてに（とりわけ民衆に）悲惨な犠牲《ぎせい》を強《し》いるが、父もまたその愚《おろ》かしい戦争で人生を大きく狂わされたひとりである。父には、たくさんの中国人の友人がいた。一年の内の半分を上海や南京ですごすことも幾度かあったそうである。しかし戦争が父から事業を奪い、中国人の友を奪った。父はよく幼い私に、中国の友人たちの名前をあげ、彼はどうしているだろう、彼は若かったから戦場で死んだかもしれない、と怒りを露《あら》わにして語ったものだった。酒を飲むと、中国がいかに広大な国であるかを話して聞かせてくれた。そして、いったん信用したら、決して相手を裏切らない信義厚い中国人を尊敬していた。

「わしは初めて揚子江を見たとき、だまされているのだと思った。これは河なんかではない。海だと思ったからだ」

幼い私は、対岸が見えないという河の情景を想像してみたが、その途轍《とてつ》もない大河をどうしても脳裏に描くことは出来なかった。父は、そこには二メートルも三メートルもある鯉が隠れているのだとも言った。拙作「泥の河」には巨大なお化け鯉が登場するが、あるいは父の話が心のどこかに住みついていて、無意識のうちに私の作品の中に浮かび出たのかもしれない。

父は、しばしば私に言った。

「日本は中国と国交を回復しなければいけない。日本の文化は結局は中国から学んだものではないか。日本人は小さい。こんな小さな国で生きていると、人間までが小さくなる。いつの日か国交の回復される日が来たら、お前は必ず中国の大地を見てこい。いろんなものを学ぶだろう」

父が死んだのは一九六九年である。だから父はついに日中の国交回復の実現を見届けぬままこの世を去ったことになる。父は勿論《もちろん》政治家ではなかった。事業に敗れてからは市井《しせい》の一庶民として不遇の晩年をおくったのだが、著名な政治家や財界人に優るとも劣らない熱望を（つまるところ、政治的、経済的利害を超えた熱望を）、中国との国交回復に対して抱いた人であった。それはいったいなぜだったのだろうと、私はときおり考えてみるときがある。もう生涯逢うことのかなわぬ、中国人の親友たちへの思いもあったであろう。だがそれだけではなく、父はおそらく、自分の目にした中国の大地に、言葉に尽くせぬ神秘性と可能性を、さらには精神文化の豊饒《ほうじょう》さを見て取って、尊敬と憧憬《しょうけい》の念を持ちつづけていたのではないかと思うのである。

私は、ことし（昭和五十八年）の九月の半ばから、約二週間、中国を旅する予定である。父が生きていたら、何が何でも一緒について行くと言い張って譲《ゆず》らないであろう。中国の大地から、お前はきっといろんなものを学ぶだろう。その三十年近い昔の父の言葉が鮮《あざや》かに甦《よみがえ》ってくる。

東京は嫌い

こと東京という日本の都（？）に対しては、いい思い出はひとつもない。私が初めて東京へ行ったのは大学三年の冬である。私は大学でテニス部に入っていて一応レギュラー選手であった。それも同好会や趣味的クラブではなく、体育会硬式庭球部という恐しいところである。我が庭球部は、ひょんなことから横浜のＫ大と毎年定期戦を行うことになった。ことし我が校が遠征すれば、来年はＫ大が大阪に遠征してくるという形で、永久的に（ジャッジでもめて大乱闘でもおこり決別でもしない限り）つづけていこうと決まったのである。私は生まれて初めて新幹線に乗り、東京駅のホームに降《お》り立った。Ｋ大庭球部十数名が、部旗をかざして我々を迎えてくれた。キャプテンはキャプテンの家に、副キャプテンは副キャプテンの家に、マネージャーはマネージャーの家にと割りふられ、それぞれは駅で別れて一宿一飯のお世話になる家に向かった。私は副キャプテンだったから、Ｋ大の副キャプテンのあとについて行き、満員のバスに乗った。足が異様に長く、ビー玉みたいな目を小さな顔の中で光らせているK大の副キャプテンは吊《つ》り皮につかまって、にこりともせず、「イザキです」と言った。ヘンテコリンなやっちゃなァ。こんなアイソもクソもないやつの家に泊まるのか。ああ、なんという不運、と思ったが、そんな素振《そぶ》りは微塵《みじん》も見せぬよう懸命に努力しながら、私は彼を真似《まね》て、にこりともせず「ミヤモトです」と言った。イザキくんの家は後楽園球場の近くにあった。古い造りの、けれども部屋数の多い家だった。私が「お世話になります」とイザキくんのお母さんに挨拶《あいさつ》するとなにやら舌足《た》らずなヘンテコリンな日本語が返って来た。お母さんは孫らしい三歳ほどの女の子に自分の鼻をさわらせ「ノーズ」と言い、唇にさわらせ「リップ」と教えている。キザな家、と思ったが、そんなことは決して口には出さず、出された夕食を黙々と食べた。コーンビーフの入ったスープをすすりつつ、ケッタイなもん食わしやがって、と思っていた。コーンビーフの入ったスープなんか飲んだことがなかったからである。食事が済《す》むと、イザキくんは私を自分の部屋に案内した。そしてお互《たが》い、気まずく黙り合っていた。あとで判《わか》ったことだが、イザキくんには四分の一だか八分の一だかの、オランダ人の血が混《ま》じっていたのである。そのうえ子供のとき脊椎カリエスにかかり、上半身が成長せず、その分下半身が伸びたので、身長に比して、異様に足が長くなってしまったのだった。そしてこれもあとで知ったのだが、イザキくんのお母さんは、アメリカで育ち、向こうの大学を出てから日本に帰って来た人だったから、日本語よりも英語のほうが喋《しゃべ》りやすいのだった。さらにあとで判ったのだが、私とバスに乗り合わせたとき、イザキくんも心の中で、我が身の不運をなげいた。なんだこの痩《や》せた目つきの悪いやつは。この無愛想なやつを一晩泊めなきゃならねェのか。うんざりするぜ。イザキくんは胸の内で呟《つぶや》きつつバスに揺られていたのだった。

部屋に坐って、私とイザキくんは顔を盗み見て様子《ようす》をうかがっていた。そのうち、いくぶん遠慮ぎみに、イザキくんが言った。

「ミヤモトさんは、酒は飲めますか」

「はあ、少しぐらいでしたら」

するとイザキくんも、高い鼻のてっぺんを光らせて言った。

「ぼくも、少しぐらいは飲めます。酒でも飲みますか」

「そうですねェ。じゃあ、ちょっとだけ」

「あした試合がありますから、ちょっと飲んで、早く寝ましょう」

ところが私もイザキくんも、世間で言う「ちょっと」とはいささか基準の違う「ちょっと」であって、ウィスキーのボトルを一本あけてしまってから、またお互いじろりと睨《にら》み合った。双方ともに、眠っている子を起こしてしまった状態になったのであった。ややあってイザキくんがまた遠慮ぎみに言った。

「この近くに、泡盛《あわもり》を飲ませる店があるんですが、行きますか？」

「はあ、そうですねェ、行ってみますか」

私とイザキくんは、しこたま泡盛を飲み、夜中の一時に家に帰って来た。

「ちょっと酔いましたか？」

とイザキくんがとろんとした目で訊《き》いた。

「ちょっときいてきたみたいですねェ」

「ミヤモトさん、なかなかいけますなァ」

「イザキくんも相当なもんですね」

やがて我々はどちらからともなく、くつくつ笑いだし、こうなったらとことん飲もうということになった。イザキくんは部屋を出て、しばらくすると舶来のウィスキーを持って帰って来た。ろれつの怪しくなった口で、

「兄貴の、盗んで来ちゃった。かまやしねェや。おい、ミヤモト、飲んじゃおうぜ」

「おっ、お前、これはオールド・パーやんか。ごっつォさんでおます」

私とイザキくんはボトルを半分あけたところで蒲団《ふとん》にもぐり込み、さらにちびちび

やりながら、夜明けまで花札のコイコイをやっていた。一時間ほどまどろんだとき、お母さんに起こされた。K大のテニスコートには九時に集合することになっていて、六時に起きなければ間に合わないのである。私とイザキくんは、酒臭い息で電車に乗り、K大に着き、酔っぱらったまま試合をした。勝てるはずがあろうか。飛んでくるボールが三つにも四つにも見えるのだから。私は大阪に帰る車中で、仲間からこっぴどくつるしあげられた。

　大学を卒業してからも、私とイザキくんのつき合いはつづいた。私は広告代理店に就職し、イザキくんはある電機部品メーカーの貿易課に就職した。ある日、私が彼の会社に電話をかけると、同僚らしい女子社員が、「イザキは交通事故を起こし、足を折って入院いたしております」と言う。私は病院の所在地を訊き、休暇届けを出して、翌日の新幹線に乗った。あいつは子供のときに大病を患《わずら》って背中が悪いのに、そのうえ足なんか折ったらどうなるんだろう。イザキくんの、憔悴《しょうすい》してベッドに臥《ふ》している姿が浮かんだ。電車を乗りついで病院に着き、受付で病室番号を訊いた。すると面会時間は三時からだという。時計を見ると一時で、まだ二時間もある。五分か十分でいい、大阪からわざわざ駈《か》けつけたのだ。すぐに帰るから逢《あ》わせてもらえないかと頼んだが、いっこうにとりあってくれず、冷たく「三時までお待ち下さい」と言って窓を閉められてしまった。たった五分でも逢わせてくれないほどだから、これはよっぽどの重傷に違いないと私は推測した。また電車に乗り、さてどうやって時間をつぶそうかと考えているうちに東京駅まで戻ってしまった。西も東も判《わか》らない東京である。ぶらぶら歩いて、道行く人に、

「ここはどこでしょう?」

と尋ねると、怪訝《けげん》な面持《おもも》ちで、

「ここは、銀座ですよ」

と言われた。おお、ここがかの有名な銀座なのか。そうひとりごちて、一軒のレストランに入り、ビールとビフカツを注文した。しばらくして酔いが廻《まわ》ってくると、昔懐《なつ》かし銀座の柳……なんて機嫌《きげん》よく口ずさみ始めた。レストランを出て、私は銀座の街を歩いた。昼間のビールはよく廻るなァなんて思いながら喫茶店に入り、珈琲をすすりケーキを食べた。そして突然、イザキくんのことを思い出した。そうだ、こうしてる場合ではないのだ。イザキは病院で重傷にうめいている。俺《おれ》はあいつを見舞いに来たのだ。私は慌《あわ》てて見舞いの品を買い病院へ向かった。恐る恐る病室のドアをあけて中を覗《のぞ》いた。六人部屋だった。イザキくんの姿がない。病室の真ん中で立ちつくしていると、

「あれっ、ミヤモトじゃねェか」

という声が聞こえた。振り返ると、ドアの横のベッドに横たわり、イザキくんはリンゴの皮をむいている。

「お前、えらい元気やないか」

私は腹が立ち、そう言った。この野郎、人が心配してわざわざ大阪から見舞いに来たというのに、しゃあしゃあとした顔つきでリンゴの皮をむいているとは何事だ。私は見舞い品の箱を、彼のギプスにぶつけて、

「アホ！　お前なんか死ね」

と言って病室を出、大阪へ帰って行った。人に、お前なんか死ねと言った罰であろう。帰りの新幹線の中は、冷房がべらぼうに利いていて、私は名古屋あたりからがたがた震《ふる》え始めた。私は風邪《かぜ》による高熱で、その後五日間動けなかった。イザキくんと私とは、いまでも親友である。そしていまでも、東京へ行くと、とにかくろくなことがないのである。

雨の日に思う

雨が降りかけているときは、気圧の関係で、自律神経が乱れやすくなり、そのためわけもなくメランコリーになったり頭痛に襲《おそ》われたり持病が出たりするのだという説がある。これまでにも思い当たることは幾度もあって、とりわけ昨年の春に結核で入院したときは、どんより曇ってきた空模様と一緒に、目がしわしわして妙に息苦しくなり、ああ、変な気分だなァと思っているうちにポツポツ降り始める。ベッドに横たわって雨の音を聞きながら、しばらくまどろんでみるのだが、眠りは浅くて何度も目が覚める。

べつにどこに出かけて行く用事とてないくせに、早く雨がやんでくれないものかと、日がな一日病室のガラス窓をつたい落ちる滴《しずく》を見つめている。するときまって数年前の学生時代の、夜明けの雨のやさしい音色《ねいろ》を思い出したりしたのである。

大学時代、私はテニスの選手だった。と言っても、たいして強かったわけでもなく、自慢できるほどの戦歴を持っているわけでもない。だが大学生活の大半をテニステニスで明け暮れて、朝から晩まで、それこそ寒風の日も灼熱の日もコートの上を走りまわっていた時代が、確かに自分の歴史の中で存在したという事実は、いまでもときおり私を愕然《がくぜん》とさせる。そんなとてつもない時代が、本当に私にあったのだろうかという思いなのである。とくに、体をこわして入院している身には、まったく夢みたいな思い出で、もう二度とそのような自分には戻《もど》れないのだという、何とも言えないやるせない精神状態に突き動かされて、病室の中をうろうろ歩きまわってみたりするのだった。

そんなとき、私は大学時代のいったい何を思い出していたのか。当時は、テニスの練習を休むためには二つの方法しかなかった。怪我《けが》か病気で医者に診断書を書いてもらうか、雨が降ってコートがぬかるんでしまうかのどっちかなのである。そんなときは、どんなに動きまわっても怪我ひとつしないし、病気などはまったく無縁で、あとは、恵みの雨に頼るしかない、それも小雨《こさめ》ぐらいではいけない。コートが濡《ぬ》れそぼって使用不可能になるくらいに降りつづいてくれないと臨時休暇はもらえないのである。

だからテニス部員のどいつもこいつも、雨の音には敏感で、かすかに屋根瓦《やねがわら》に当たる小さな雨のひとしずくにも、ふと顔をあげて、「あっ、雨や」と叫んだりする。朝の五時ごろ、ふと目覚《めざ》めて、頭上にその歓《よろこ》びの音を聞きつけると、がばっと起きあがってカーテンを開いてみる。夜中から降り始めたらしい雨が、いよいよ本降りになって夜明けの街を湖面のように光らせている。「雨や、雨や、雨や」と心で呟《つぶや》きつつ、「きょうは練習中止」と勝手に決めつけて、再び蒲団《ふとん》の中にもぐり込み、枕をしっかと胸にいだいて、薄笑いを浮かべたまま、はてしない眠りの中に落ちていくのである。

ところがせっかくの雨の日、もっとゆっくり眠っていられるというのに、八時になるとあたふたと起きあがって電車に乗り込み、大学の近所の喫茶店に駈《か》け込んでいく。そこには日に灼《や》けた同じテニス部の連中がもう四、五人集まって、何喰わぬ顔でコーヒーを飲んでいる。近所の女子大のテニス部員も、雨の日は練習が中止になるので、その日ばかりは心のびのびと、ジュースやチョコレート・パフェなんかを味わって、私たちの仲間に入ってくるからである。それぞれ目当ての女子選手がいるから、朝から雨の降っている日は、講義も何もあとまわしにして、喫茶店でとぐろを巻いている。つまり雨の日だけが、練習、練習で追いたてられる私たちに与えられたバラと安息の日ということになる。その日だけ、世の大学生と同じように、音楽を聞きながら、女の子の甘い香りを鼻先に嗅《か》ぐことができるわけである。

その女子大のテニス部員に、私たちから「雨美人」と呼ばれている娘がいた。

普段も、テニスコートにいるときも、そう目立つタイプの娘ではないのだが、そんな雨の日の昼下がりの喫茶店では、なぜかしっとりと落ちついて、他の誰よりも魅力的に見えるのである。

いったいそれはなぜかと、さんざん論議の対象になったのだが、結論は結局出ないままであった。

湿気と適当な暗さが、地味《じみ》な顔立ちに一種の起伏を与えるからだと言い張る者もいた。傘とレインコートの使い方がうまいのだろうかと言う者もいたが、私たちが目前にしているのは、傘もレインコートも身に帯していない喫茶店の中での彼女なのであった。確かに目立たない地味な女性だったが、苛烈《かれつ》な練習から解放された学生たちの心には、とりわけその人の優しげな静かな立ち居ふるまいがきわだって見えたのだった。

さて病室のベッドに横たわって、降りつづく憂うつな雨を眺めながら、なつかしい太陽とアンツーカ・コートとラケットの重みを思い出し、ひたすら待ち望んだ雨の日の朝の歓びと、同じテニスの選手だった女子大の雨美人に思いをはせてから、こんなままではいけない、元気を出して必ず病気を治《なお》してみせようと、ひとりうんうん力んでみせるのであった。

いまでも、ほんのときどき、あの雨美人はどうしているだろうと思うことがある。彼女は、じつはいまの私の女房である、などということは、まあ、ないだろうな。

かぐや姫の「神田川」

私は、自分でレコード店へ足を運び、金を出してレコードを買ったことは皆無に等しい。なぜか。プレーヤーを持っていなかったからである。会社をやめ、小説を書き始めて二年程たったころ、なけなしの金をはたいて本屋へ行った。近くのレコード店から一曲の歌が流れてきた。私は人混みの中に立ちつくし、聞き耳をたてた。レコード店の若い従業員に、いまのは何という曲かと聞いた。「神田川ですよ」と、いくぶん小馬鹿《こばか》にしたような表情で教えてくれた。こんなにヒットしている曲を知らないのか、と思ったのであろう。私はどうしても欲《ほ》しい本があったが「神田川」という一枚のレコードを買った。プレーヤーもないのにである。プレーヤーもないのにレコード盤を買うということは、自虐《じぎゃく》性を帯びた感傷でしかあるまい。当時は、千円の香典《こうでん》代が用立てられなくて、友人のお父さんの葬儀にも行けなかったくらいだった。

私は小説を書くことに疲れると、振っても叩《たた》いても音の出ない「神田川」を見つめた。不甲斐《ふがい》なくて、レコードのラベルをマジックインキで塗りつぶした。買ってから何年目かに自分のプレーヤーで「神田川」を聴《き》けたときは、とてもしあわせでもあったし、妙に切なくもあった。

「貴方のやさしさが　怖かった……」。これは、歌となって初めて、人々に何物かを与える一節である。

正月競馬

正月に賭《か》け事《ごと》をすると必ず勝つ、というジンクスが私にはあった。それである年（もう七年くらい昔）、正月が来るまでの約三ヵ月間、あらゆる賭け事をひかえて、満を持《じ》して金を貯め、正月競馬ただ一本に絞《しぼ》って大勝負を狙《ねら》ったことがあった。

賭け事に関する限り、とことん行くところまで行ってしまわないと気が済まない性分で、何度とんでもないめに遭《あ》ったか知れない。当時は小さな広告代理店に勤める安月給取りで、大勝負といっても知れたものだが、それでも給料の二ヵ月分くらいを懐《ふところ》に、京都の淀《よど》まで出かけて行った。午前中だというのに、満員電車の中は酒臭く、暖房も強すぎて、額に汗をかいている男たちが予想紙を睨《にら》みながらひしめき合っていた。私も身動きも出来ない電車の中に立っていたが、気のせいでなく誰かが膝のあたりを突いてくる。私が身をよじって座席に坐っている乗客に目をやると、同じ会社のSさんが私を見て笑っていた。競馬ですかと訊《き》かれたので、ええと答えると、S

さんは、私もですと言った。違う部の人だったし、会社の中でも殆《ほとん》ど言葉を交《か》わしたこともなかったので、淀に着くまでそれきり口をきかなかった。満員電車から吐《は》き出されて、ホームを出ると、うしろにSさんがいた。大きな凧《たこ》を持った子供の手をひいている。Sさんは、淀の競馬場に凧あげに行くのだと言った。競馬場は風が強いから、凧あげには絶好の場所に違いない。それでも私は、子供に凧をあげさせておいて、自分は馬券を買うつもりなのだろうと思ったが、話していると、どうやら凧あげだけの目的でわざわざ満員電車に乗って淀までやって来た様子である。私は会社でも、毛糸のチョッキを着て机に坐っているSさんのうしろ姿しか見たことがなかった。どこに住んでいるのかも知らないし、いつ入社したのかも知らない。私よりも相当先輩であることだけは間違いがない。

私たちは四コーナーのところの芝生《しばふ》に坐った。そのずっと後方に子供用の遊園地みたいな場所が設けられていたからである。天気も良く風も吹いていて、凧あげには絶好だった。私は馬券を買いに行き、Sさん親子は凧をあげに行った。競馬場の中は、入場制限をしなければならないほど混雑していた。着物姿の男女もたくさんいた。馬たちにも、どこかに正月の風情があった。私は千円札を一枚胸ポケットに入れた。あとでSさんの息子にお年玉としてあげようと思ったのである。

買った馬券はことごとく外《はず》れて、陽が傾きかけて来た頃には、帰りの電車賃と、お年玉用に取っておいた千円札が一枚残っているだけになった。本来ならば、その千円札までも使い果たしてしまわなければおさまらない私だったが、空高くあがっている凧を見ていると、どうでもよくなってきて、ぼんやり芝生に腰を降ろしたまま、四コーナーを走り過ぎて行く無数の蹄《ひづめ》の音や、何万もの人間たちの喚声を聞いていた。

Sさんが戻《もど》って来、

「どうですか、成績は？」

と訊いた。

「全部、外れました。かすりもしません。すっからかんです」

するとSさんは一万円札を出して言った。

「せっかく来たんやから、もうちょっと遊んだらどうです？」

Sさんがあんまり勧《すす》めるので、私は気乗りがしないまま、一万円札を受け取って穴場に行き、数組の馬券を買った。そのうちのひとつが入って、少し取り戻したが、二レースもつづけて取れる気はしなかったので、Sさんに金を返して、用意しておいたお年玉を息子の手に握《にぎ》らせた。私たちは混雑しないうちに引きあげることにして、また並んで歩きながら淀の駅まで行った。

それから二年後に私は会社を辞《や》めた。小説家になりたくて、衝動的に退社願いを出したのである。最後の日、私はお世話になった上司やら同僚やらに挨拶《あいさつ》をして会社を出た。地下街に降りてから、ふとSさんのことを思い出した。正月の競馬場で逢って以来、私はそれきり言葉らしい言葉を交わしていなかったのである。もう一度会社に引き返して、Sさんにも挨拶しておこうかと思ったが、何となく気がひけた。私は小説家になりたくて会社を辞めるなどとは誰にも言わなかったが、なぜかSさんには言ってしまいそうな気がしたのである。そんな私を、Sさんは決して笑ったりはしないだろうが、さりとて、どう激励したらいいのかと当惑させてしまうのは目に見えていたからである。私は結局そのままSさんには何の挨拶もしないままだったが、芥川賞を貰《もら》った時、丁重《ていちょう》な祝電をいただいて恥かしい思いをした。正月競馬をテレビで観《み》ると、私の頭の中ではいつも凧があがっている。Sさんの、チョッキを着て黙々と仕事をしているうしろ姿が心に映る。

改札口

寺山修司氏の競馬をテーマとしたエッセーの中に「死神をさがし出せ」という題の作品があったと記憶している。大学を出て、サラリーマンになりたての頃、どういうわけか無茶苦茶に競馬に狂ったことがあって、そのときにふと何かの本で目にしたエッセーである。競馬場に出かけて行くと、いつも出逢うひとりの風采《ふうさい》のあがらない男がいる。別に言葉を交《か》わすわけでもない。ふと見ると馬券売り場に立っていたり、ふいに観覧席を横切っていったり、ゴール前のフェンスに凭《もた》れて、ただうしろ姿だけを見せているときもある。この男は寺山さんにとって「死神」であって、こいつの姿を見た日は、もうどんな馬券を買っても駄目《だめ》で、たちまちただの紙切れと化してしまう。

だから競馬場に入ると、あの死神とどうか逢わないようにと念じつつ、目は自然にあちこちを窺《うかが》ってしまう。死神が姿を見せない日は好調である。勘は冴《さ》え渡り、連戦連勝。ところがあまりの好調さに有頂天《うちょうてん》となり、その死神の存在すら忘れてしまった頃に、そいつは突然ふらっと姿を現わすのである。パドックの雑踏の中にもぐり込んでいたり、観覧席の隅で悄然《しょうぜん》と肩を落として坐っていたりする。そうなるともういけない。この、名前も素姓も知らない、自分が勝手に死神と名づけている男の姿を目にした途端、ツキはたちまち忽然《こつぜん》と消え去って、それまで儲《もう》けた金もなしくずしに減って行き、最後はすっからかんになって、おけら坂を昇るはめになる。確かそんなふうなエッセーだったと思う。

ちょうど私自身、競馬に狂って、日曜日になると京都の淀や仁川の阪神競馬場に足を運んでいた時期だったので、その「死神をさがし出せ」というエッセーを読んで、自分にも、自分だけの「死神」という者が存在しているのではあるまいかと考えた。それで競馬場に行くと、ときどき視線を走らせて、そんな感じを与えそうな男をわざわざ捜《さが》してみたりしたが、気になる人間はあらわれなかった。ところが、それからしばらくたって、やはり私にも、その「死神」なる人物がいることに気づいた。

それは競馬場ではなく、国鉄の大阪駅の改札口にいたのである。改札口に立って、切符に鋏《はさみ》を入れている駅員で、ずんぐりむっくりした体つきの、私の肩までしかない背の低い中年の男だった。その駅員が私の切符に鋏を入れたあと、どうも悪いことが起こる。悪いことといっても、階段でつまずいて向こう臑《ずね》をしたたかに打つとか、いつも空席だらけの電車がその日に限って満員で、四十分近い道中をずっと立ったまま帰るはめになるとか、その程度の他愛のないものばかりなのだが、ある日、やはりその駅員の前を通り抜けて電車に駈《か》け込んだ日、家に帰ると財布《さいふ》がない。残り少ない給料と前日の日曜日に長い写真判定のあげくかろうじて手中にした当り馬券が五枚入っていて、しかも給料日までまだ二週間以上もある。私はがっくりと万年床に寝転がって天井を見つめ、「あいつや。あいつが俺の死神や」と呟《つぶや》いた。

国鉄の大阪駅には、西口、中央口、東口と三つの改札口があって、死神は殆《ほとん》どの場合、東口に立っている。そこで私は翌日からコースを変更して西口の改札口を通ることにした。そうやって二、三日、その死神の前を通らずにすんだが、四日目、切符を買って（サラリーマンなのに切符を買っていたのは、定期代すら馬券に使い込んでしまっていたからである）改札口の前まで来ると、いままで西口にいたことのない、その青ぶくれした顔の死神が、細い目をしばたたかせて、鋏をかちゃかちゃ鳴らしている。咄嗟《とっさ》に中央口の方にまわろうと思ったが、うしろから押して来る人波に乗せられて、死神の前を通り過ぎてしまった。

私は階段を注意深く昇り、ホームのうしろの方に立った。前に立っていて、何かのひょうしに線路に落ち、そこに電車が入ってくるということも起こらないとは限らないではないか。電車に乗っていても、何度も何度も手で財布の無事を確かめ、風態《ふうてい》の悪い男には決して目を向けないようにした。もし目と目が合ってからまれて、二、三発でも殴《なぐ》られたら、まさにあの死神のしわざとしか言いようがない。

私は大阪駅に来ると、出るときも入るときも、さて西口か中央口か東口か、どっちの改札口を通ろうかと思案するようになった。ところがその死神氏、私の行くところ行くところの改札口に立って、鋏をせわしげに鳴らしつづけているのである。西口にまわれば西口にいる。まさかと思いつつ、わざわざ遠廻《とおまわ》りして東口に行けば、ちゃんとそこに立っている。ええい、ままよ、と平気を装《よそお》って通り過ぎ、仕事を終えて会社の近くの雀荘《ジャンそう》で同僚と麻雀をすると、親に大三元を打ち込んで、さんざんなめにあわされる。「ああ、死神や。死神や。あのおっさん、どこか北海道か九州あたりの駅に転勤にでもなってくれへんかなァ」。私はやけくそぎみに牌《パイ》を叩《たた》きつけながら、ひとりごちて、今夜も私の通る改札口に立っているに違いない死神の顔を思い浮かべるのだった。

私は五年間勤めた会社を昭和五十年の夏に辞《や》めた。二十八歳のときだった。その三年前から強い不安神経症というノイローゼにかかって、サラリーマン生活に耐《た》えられなくなっていた。しかも私にはずっと以前から小説家になりたいという夢があった。随分思い悩んだが、私には昼間会社の仕事をして、夜小説を書くという作業をつづけることが出来なくなった。会社から帰って来て、十一時頃から小説を書き始め、夜中の三時か四時までそれをつづけ、朝七時に起きて出社するという毎日だったが、体の弱い私にそんな無茶が出来る筈《はず》はなかった。そのうち道がまっすぐ歩けないようになり、五、六段の階段を昇っても眩暈《めまい》がするまでに疲れてしまったのである。このまま、こんな生活をつづけたら、自分はきっと死んでしまうだろうと思った。すでに妻も子もあったが、小説を書きたい、小説家になりたいという夢を捨て切ることは出来なかった。

もし私が健康であったら、決して小説家への道には進まなかったことだろうと思う。不安神経症という、当人しか判《わか》らない苦しい持病が、私に危ない橋を渡る決心をつけさせてくれた。小説家になりたいという前に、その病気が、サラリーマン生活の断念を強《し》いてきたのだった。

会社を辞めてから、私はすっかり例の死神氏のことを忘れていた。私の頭には、いかにしていい作品を書くかということと、いかにして妻子を食わせていくかという、このふたつのことしか念頭になかったのだった。書く小説は、どれもこれも認められなかった。持病は、良くなったり悪くなったりしながらも、決して私から離れてはいかなかった。そんな生活が三年程つづいた。

ある晴れた日、私は妻と一緒に大阪まで行った。何の用事で出かけたのかは忘れたが、その頃はノイローゼが強く、ひとりで電車にも乗れない状態になっていたので、たぶん妻について行ってもらったのだと思う。阪神電車で梅田に向かっていると、小さなよちよち歩きの女の子の手を引いた初老の男が、向かい側の席に坐った。それが、あの改札口の死神氏であることに、私はすぐに気づいた。男は女の子を自分の膝《ひざ》に乗せて、笑いながら何か話しかけていた。三年の間に、男は随分老《ふ》けてしまったように私には見えた。青い背広を着て、大きな買物袋をかかえて、いかにも楽しそうに女の子の頬や肩を両手でさすった。

何の根拠もなかったが、私は、その男が国鉄を停年退職して、いまはもう改札口からも離れ、使い慣《な》れた鋏も手から離して、別の人生をおくっているのに違いないということが判った。女の子はたぶん自分の孫なのだろう。私はなにか不思議な幸福感を抱いてその死神氏を長いこと見つめていた。あの汚ない空気の充満する改札口に何年も立って、男はいったい何枚の切符に鋏を入れつづけたことだろう。そんなことを考えた。死神氏は、女の子に靴を履《は》かせてやると、柔和な笑いを浮かべながら、途中の駅で降りて、私の前から消えて行った。

十冊の文庫本

　幼い頃から体の弱かった私は、よく風邪《かぜ》をひいて学校を休み、高熱がひくまで蒲団《ふとん》の中でじっとしていて、少しおさまってくると本を読んだ。漫画のときもあれば、童話のときもあった。本が好きだったというのではなく、当時は今みたいに多種多彩なおもちゃがなかったからである。しかし私が本当に小説を、それも子供の読むものではなく、おとなの小説を好きになったのは中学二年生のときであった。ある人から貸してもらった井上靖氏の「あすなろ物語」を読んで、小説とはなんとすばらしいものであろうかと感動したのだった。

　ちょうどその頃、父が事業に敗れて、家計は苦しかった。私はわがままな一人息子だったから、本屋で読みたい本の背表紙を睨《にら》み、母の財布の中味を承知していながらも、執拗《しつよう》に、買ってくれ、買ってくれとねだった。それが叶《かな》えられぬと判《わか》ると、ふくれっ面《つら》をして、押し入れの中にもぐり込んで出てこなかったり、座蒲団を蹴《け》りつけたりした。私は中之島の図書館へ行き、本を読んだが、読むほどに自分も本が欲《ほ》しくなってきた。

ある日、母と梅田の繁華街へ行った。何の用事で出掛けたのかは覚えていない。とにかく二十年も昔のことである。商店街の道端《みちばた》で、男が茣蓙《ござ》を敷いて坐っていた。茣蓙の上には無数の古い雑誌や本が乱雑に置かれていた。その中に、手垢《てあか》で汚れた文庫本が十冊ずつ一組にされて紐《ひも》で束《たば》ねられてあった。値段を訊《き》くと、どれも一組五十円だという。母に買ってくれと頼むと、母は財布から十円玉を五つ出した。五十円とて、私たちにとっては大金だったのである。私は男に、好きな本を十冊選ばせてくれと言った。男は邪魔臭《じゃまくさ》そうな顔をして、

「あかん、あかん、一束《ひとたば》なんぼや。そんなことされたら、全部紐をほどかなあかんやないか」

と言った。私は、ほどいた紐は全部自分でくくりなおすからとねばった。男はしぶしぶ承知した。確か十五、六束並べられていた文庫本の中から、私は十冊を選び出し、残りの全部の束がそれぞれ十冊となるようにして紐でしばりなおした。それは随《ずい》分《ぶん》時間のかかる面倒《めんどう》な作業であったが、ともかくも十冊の自分の本を手にすることが出来たのである。レマルク「凱旋門《がいせんもん》」、ドストエフスキー「貧しき人々」、カミュ「異

邦人」、ダビ「北ホテル」、石川達三「蒼氓《そうぼう》」、高山樗牛「滝口入道」、樋口一葉「たけくらべ」、三島由紀夫「美徳のよろめき」、井上靖「猟銃・闘牛」、徳田秋声「あらくれ」。この十冊であった。そしてこれは私が読んだ十冊の文庫本の順番をも意味している。凱旋門を最初に読み、次は貧しき人々を読み、そして異邦人をという具合である。この中で中学生が読むものといえば「たけくらべ」ぐらいだったろう。なぜなら、その一部は国語の教科書に載《の》っていたからである。なぜ、その十冊を、男の邪魔臭さをあからさまにした視線に耐えながら選び出したのか、それも遠い昔のこととて覚えてはいない。だが、露店の茣蓙の上から選びだし、私が中学二年か三年の終りにかけて、それら十冊の文庫本を何度も何度も読み返したことは、何か不思議な天恵であると同時に宿命でもあったのだと思えてならないのである。私はなんと見事に名作ばかり選びだしたことであろう。なんと見事に、かたよった読書からまぬがれ得たことだろう。そしてなんと見事に、最も純粋で吸収力の強い年代に、それらとめぐり合ったことであろう。そのことを不思議と言わずして何と言うべきか。「貧しき人々」は、それから二十年後、私に「錦繍」を書かせた。他の九冊も私のこれまでの作品に、そしてこれからの作品に影響を与えていくに違いない。私は十冊の文庫本に登場する人々から、何百、いや何千もの人間の苦しみや歓《よろこ》びを知った。何百、何千もの風景から、世界というものを知った。何百、何千ものちょっとした会話から、心の動き方を教わった。たった十冊の小説によってである。亡くなった大宅壮一氏が、かつて「一億総白痴化」と言ったことがある。確かにその言葉はいま現実化しつつあるような気がする。若者の多くは、そのとき楽しければいいもの、つかのま笑い転げるものしか求めなくなり、人間の魂、人生の巨大さを伝える小説を読まなくなった。そうすることによって、自分を見つめられなくなった。他者の苦しみと同苦出来なくなった。いい小説と対峙するには、それなりの精力が必要である。その精力と、それに伴なう努力を惜《お》しんで社会に出て行く。父となり母となっていく。恐しいことである。惜しむべきことである。私は何の取り得もない人間で、頭も悪く、腕力もなく、わがままで臆病で嫉妬深い。けれども、たったひとつ取り得と呼べるものをあげろと言われたら、私は多少は他者の苦しみと同苦出来ることだと、いささか声を落として答えるだろう。答えた瞬間、私の心には必ず、あの十冊の手垢に汚れた文庫本の束がよぎる筈である。

精神の金庫

私の「星々の悲しみ」という短篇小説は、大阪府立中之島図書館が、その舞台の殆《ほとん》どを占《し》めているといってもいい。（その年、ぼくは百六十二篇の小説を読んだ。十八歳だったから、一九六五年のことだ）。この最初の一行は、事実そのままである。私は十八歳のとき、大学受験に失敗し、浪人生活に入ったが、受験勉強そっちのけで、中之島図書館にかよってロシア文学とフランス文学に耽溺《たんでき》した。おかげで私は希望する大学には入れなかったが、おそらく私にとっては無上の財産を心に蓄積出来た一年であったと思っている。

私は中之島図書館の、あのネオ・ルネッサンス風の建物が好きだ。左右の小さな入口の暗さが好きだ。ヤニ臭い喫煙室が好きだ。古びた階段が好きだ。私の友人の画家が最近個展をひらき、その中に「天国への階段」という作品があった。すばらしい絵で、彼はあまたの買い手に丁重《ていちょう》に詫《わ》び、それを売らず手元に残した。その絵を見たとき、私はふいに、中之島図書館の閲覧室への階段を思い出した。中之島図書館の建物の内部にたゆとうていた匂いが、心のどこかから甦《よみがえ》り、無数の小説の一行が矢のように走り過ぎ、私を勇気づけてくれた。あそこ、川のほとりの、鳩の糞にまみれた古い建物は、おびただしい精神の金庫だったなと思った。古今の名著、もはや手に入らぬ貴重な文献が、大切に保管されている巨大な金庫である。

私はこれまでどれほど多くの人に語ったか判らない。やがて再びルネッサンスがおこると。おこらなければ、地球は滅びてしまうと。だが多くの人は、はあ、そうですか、とあいまいな返事をするのみである。真の平和というものが、言い方を変えれば、戦争を阻止するものが、保有している武器の数ではなく、じつは文化の力なのだと信じている私は、二十一世紀にルネッサンスの到来を望む人間のひとりである。十八歳のときに読んだロシアとフランスの百六十二篇の小説は、深く沈澱し、たった一しずくの露《つゆ》を私の脳髄にしたたらせた。それは舌に乗れば、すべての人間は幸福を求めている、という言葉に変わる。

蟻のストマイ

昭和五十四年の新年早々に、肺結核にかかって入院した。しかし、自分が胸をやられているなと感じたのは、それより三年程前、「泥の河」を書いている最中だった。

初めは市民病院の四人部屋に隔離されていたが、その食事のあまりのひどさに音《ね》を上げて、わざわざ個室のある個人病院に移った。相部屋《あいべや》と違って、わずらわしい人間関係もなく、ひたすら安穏《あんのん》と静謐《せいひつ》と焦燥に包まれた日々が始まった。朝七時の検温のあと、ミルクとパンで朝食をとり、ベッドに横たわってラジオを聞いている。テレビは病人には刺激が強すぎて、ちょっとした血なまぐさい場面でも映ろうものなら、心臓の鼓動が一分間で九十くらいの早さになってしまう。とにかく静かな個室であるから、自分の心臓の鼓動が、いやに大きくはっきりと耳を打つのである。

月曜日と金曜日が、ストレプトマイシンを注射する日で、この日は一日中不快感が体中を覆《おお》っている。薬の副作用で脳味噌を両手でぎゅっとつかまれて、やんわりとしめつけられているような感触が、夜の八時ぐらいまでつづくのである。その日はラジオのスウィッチも消して、ひたすらベッドにもぐり込んでいる。

甘い物を落としたままにしてあったらしく、一匹の蟻が、ベッドの横の小さな台の上を這《は》っていた。普通、甘い物を求めて、何匹もの蟻の行列が出来る筈だが、いつ見ても一匹だけが這っている。それもよく見ると赤茶色の、どうも同じ奴らしい。群れを離れた一匹蟻というやつで、偶然には違いないが、ストマイを打つ月曜と金曜だけ、私の枕元に出没するのである。それで、私はその蟻にストマイという名前をつけて、クッキーのかけらや、ジャムを与えて仲良くしていた。不快感が強い日など、横たわったまま、この「ストマイ」の動きをいつまでもぼんやりと見つめてすごす。いつの日か、こいつが姿を見せなくなったら、自分は退院出来るのではなかろうかと考えた。ある日、突然退院を言い渡された日、自分の部屋に戻ってくると、「ストマイ」が台の上になすりつけたジャムを舐《な》めていた。私は長いこと「ストマイ」を見つめた。何度、指で押しつぶしてしまおうと思ったか知れない。やめよう、いやつぶしてしまおう。押し問答の末、私はなぜか自分の気持ちとは裏腹に、五ヵ月を共にした「ストマイ」を人差し指でつぶした。人を殺したのと同じような（まだ殺したことはないが）恐しさを感じた。なぜ、あんなことをしてしまったのであろう。

命の器

運の悪い人は、運の悪い人と出会ってつながり合っていく。やくざのもとにはやくざが集まり、へんくつな人はへんくつな人と親しんでいく。心根の清らかな人は心根の清らかな人と、山師は山師と出会い、そしてつながり合っていく。じつに不思議なことだと思う。〝類は友を呼ぶ〟ということわざが含んでいるものより、もっと奥深い法則が、人と人との出会いをつくりだしているとしか思えない。

どうしてあんな品の悪い、いやらしい男のもとに、あんな人の良さそうな美しい女が嫁いだのだろうと、首をかしげたくなるような夫婦がいる。しかし、そんなカップルをじっくり観察していると、やがて、ああ、なるほどと気づくときがくる。彼と彼女は、目に見えぬその人間としての基底部に、同じものを有しているのである。それは性癖であったり、仏教的な言葉を使えば、宿命とか宿業であったりする。それは事業家にもいえる。伸びて行く人は、たとえどんなに仲がよくとも、知らず知らずのうちに落ちて行く人と疎遠《そえん》になり、いつのまにか、自分と同じ伸びて行く人とまじわっていく。不思議としか言いようがない。企《たくら》んでそうなるのではなく、知らぬ間に、そのようになってしまうのである。抗《あらが》っても抗っても、自分という人間の核を成すものを共有している人間としか結びついていかない。その恐さ、その不思議さ。私は最近、やっとこの人間世界に存在する数ある法則の中のひとつに気づいた。「出会い」とは、決して偶然ではないのだ。でなければどうして、「出会い」が、ひとりの人間の転機と成り得よう。私の言うことが嘘《うそ》だと思う人は、自分という人間を徹底的に分析し、自分の妻を、あるいは自分の友人を、徹底的に分析してみるといい。「出会い」が断じて偶然ではなかったことに気づくだろう。

私はときおり、たまらなく寂しいときがある。私には親友がいないという気がするからである。親しい友人はたくさんいるが、真の友はひとりもいないなと思う。小説を、ひとり書斎にこもって書いていると、寂しくて寂しくてどうしようもなくなる。そんなとき、私は突然電話魔になって、夜中だというのに友人に電話をかけまくる。そしてしょんぼりとグチを言ったり、反対に虚勢をはって威勢のいい演説をぶったりする。小説を書くのはもういやだ。俺はもう疲れた。俺は機械ではない。俺はからっぽの錆びたバケツだ。もう何も出てこない。もう生涯小説なんか書けそうにない。そう言って駄々《だだ》をこねたりもする。電話をかけられた方は迷惑千万である。じゃあ、俺が代わりに書いてやるよなどとは言える筈がないのだから。そして電話を切り、しょんぼりと蒲団《ふとん》にもぐり込んで、私はいましがた電話をかけまくった相手のことを考える。すると、その幾人かの友人もまた、真の友を持ち得ぬ者たちであることに気づくのである。どんな人と出会うかは、その人の命の器次第なのだ。

馬を持つ夢

子供の頃から、父につれられて京都競馬場に出入りしていた私は、サラブレッドという生き物に、ある特別な思いを、知らず知らずのうちに抱《いだ》いていたようである。父は少し変わった馬券の買い方をする人で、本馬場に出て来た馬たちを指差し、自分の気にいった一頭を私に教える。予想紙の印などには我関《われかん》せずで、とにかく一瞬のひらめきで一頭を選び出す。そして、「お前はどの馬がええと思う?」とまだ八歳か九歳の私に訊《き》くのである。私は柵《さく》のところから伸びあがって、子供心に強そうに感じた馬のゼッケン番号を、いかにも得意気《とくいげ》に父に伝える。すると父は、自分の選んだ馬と、私の選んだ馬との組み合わせ馬券を買うのだった。外れても、不思議なことに、どちらかの馬は連勝馬券にからんでいる。父の選んだ馬がからむときもあれば、私の選んだ馬がからむ場合がある。そんなとき、六十歳に近い父と、まだ幼い私とは、本気で互いをなじり合い、外れ馬券を空中に投げあげて、笑ったり、くやしがったりするのである。そうやって買った馬券が的中して、二万二千二百二十円という配当がついたことがある。もう三十年近い昔のことなのに、配当金額をはっきり覚えているのは、その数字が二ばかりだったからである。それを父は一万円買っていた。父の選んだ馬は一番人気か三番人気の馬で、私の選んだ馬は、殆《ほとん》ど無印に近かった。父は二百二十二万二千円の札束を胸に、悠然と京都の祇園《ぎおん》にくり込んだ。もちろん私もつれてである。一軒のお茶屋に入り、芸者が何人もやって来た。扇子《せんす》を使った他愛のない遊びを、そのうちの数人の芸者が私に教えてくれた。私はなんだかとても嬉《うれ》しくて、その遊戯に我を忘れた。気がつくと、父の姿がない。「お父ちゃんは？」と、ひとりの中年の芸者に訊くと、「坊やは、私らと遊んでたらよろしおす。お父ちゃん、そのうち帰って来はりますわ」と言った。父は確かに三時間程して、座敷に戻って来た。その三時間のあいだに、父が何をしていたのかを知ったのは、私がおとなになってからである。私は父と一緒に競馬場に行くことが楽しくて仕方なかった。ところが、父が馬券で儲《もう》けた日は、母の機嫌がきわめて悪い。競馬場のあと、どこへ行ったのかと、しつこく私に訊いてくる。とにかく私はまだ小学生の二年生か三年生なので、母には黙っている方がいいのだと、うすうすは感じているのだが、その巧妙な誘導尋問にのせられて、結局ばらしてしまい、夜中に夫婦ゲンカの声で目を醒《さま》すのであった。

ある日、よく晴れた秋、私は父と競馬場に行った。そのとき、私は父に、馬を買ってくれとねだった。「こんどの商売がうまいことといったら、二、三頭買ってやろう」と父は言った。けれども、〝こんどの商売〟がうまく軌道に乗ったことは一度もなかった。父が死んでもう十数年が過ぎた。私の、馬を持ちたいという夢は消えてはいないが、預託料だけでも、年に、サラリーマンの年収に近い金がいると知って、貧しかった時代を思い出し、たとえ万一自分の本がどんなにベストセラーになろうと、その夢を果たせないだろうと思った。十円の金がなくて、堺から大阪の福島区まで歩いて帰った夜のことを決して忘れてはいない私に、競走馬を持つ度量などあるものか。

II

街の中の寺

四天王寺は街の中にある。

私はこれまでに二度四天王寺の境内《けいだい》に足を踏み入れている。一度目は今から二十四年前、私が十歳のときであり、二度目はこの文章を書くための取材として訪れた昭和五十六年の春である。十歳のときの記憶に残る四天王寺とその界隈《かいわい》の風景は、ただ灰色一色で、確か雨が降っていたのであろう、濡《ぬ》れそぼったアスファルト道と数羽の鳩、寺に隣接する何かの建物の長い塀、それに伽藍《がらん》の甍《いらか》のすすけた光沢が、妙に鮮明な映像として心に捺《お》されている。どれもこれも、みな灰色であったような気がするのである。寒い日であったことも覚えているし、母とふたりで市電に乗って行ったのも覚えている。

当時、私たち一家は、大阪市北区中之島七丁目に住んでいた。堂島川《どうじまがわ》と土佐堀川《とさぼりがわ》とに挟《はさ》まれた長細い島みたいな格好の〝中之島地域〟の、いちばん西端にあたる地点で、そこで二本の川は合流して安治川《あじがわ》と名を変える。たぶん私と母は、川口町あたりから市電に乗り、どこかで別の市電に乗り換《か》えて四天王寺まで行ったのであろう。父はその生涯を放蕩のかぎりを尽くして逝《い》った人で、ために私が幼い頃から、父と母の間にはいさかいが多かった。それで、母はひとり息子の私をつれて、よく家出をした。もう何日も帰らないつもりで家を出るのだが、日が暮れると、結局どこにも行くところがなくて、また私の手をひいてとぼとぼ帰って来るのだった。きっとその日も、そうした事情から、たいした目的もなく四天王寺まで足を伸ばしたのであろうと思われる。だが、私がもう二十四年も昔のことを、自分でも不思議に思えるほど記憶しているのは、それから数日後に、私たち一家が大阪を離れ、北国富山に新天地を求めて出発したからである。父は富山に住む友人と共同で事業をおこそうとしていたが、母は最後まで富山行きに反対だった。けれども父の意志は強く、母はそれに従うしかなかった。私は子供心にも、これから大阪を離れて雪深い未知の土地に行かねばならぬということが淋しかった。一年後に、事業に敗れ、無一文になって再び大阪に帰ってこようとは、その時点では考えもつかないことであった。

市電の通りの両脇に幾《いく》つかの店舗が並んでいた。大きな老舗《しにせ》の漢方薬店があって、壜《びん》に入ったまむしや朝鮮人参や、得体の知れぬ動物の乾燥されて黒く変色したものが、ショーウィンドウに置いてあった。そこから参道へと歩いて行ったが、私の気をひく物は何もなかった。私は何度も、帰ろう、帰ろうと母の腕を引っ張った。キタの盛り場や心斎橋筋《しんさいばしすじ》を歩いているときに見られるような、きらびやかなものはなく、小さな台の上に薄っぺらい板を並べ参詣《さんけい》の人の註文に応じてそこに何やら毛筆で書き込んでいる老人の姿が、ひどくみすぼらしい孤独なものに見えた。どこまで行っても、母の言うお寺などないではないかと私は思った。市電の通り過ぎていく轟音《ごうおん》と、数軒の大衆食堂と汚れたビルが、雨の中にいっそう雑然たる巷《ちまた》の一角をつくりあげていた。雑然とした街ではあるが、どこまでも冷たく閑散としている、言葉にすればそれに近いものを、そのときの私は感じたように思う。

私は叱られ叱られ歩いた。もっと、しゃきっと歩くようにと、小さいときから口が酸《す》っぱくなるほど言われつづけていたから、たぶんそのときも、私はよたよたした足取りで、あっちを見たりこっちを見たりして、母について行ったのであろう。すると突然、四天王寺の境内に入った。いま調べてみると、西門前を東に行って、石の鳥居のある西門をくぐったのだということに気づく。濡れた灰色の道と鳩と、数組の年老いた夫婦づれが、私の記憶の中では塑像《そぞう》のように身動きもせず、そこにあったという思いがしている。何もかもひんやりと冷え枯れた、寂寥感《せきりょうかん》に包まれた光景が、はっきり消えることなく私の中に映《うつ》し出されるのである。境内の中をとぼとぼ歩きながら、母はこう言った。

「四天王寺さんに来るのは、お母ちゃん、きょうが初めてや。長いこと大阪に住んでて、お彼岸のときにも来たことあらへん。きょうが最初で最後になるわ」

私も、こんなに大きな寺に足を踏み入れたのは初めての経験だったから、いったいこのお寺にはどのようなものが祭られてあるのかと母に訊《き》いてみた。母はあちこちを見廻《みまわ》して、

「知らんわ。聖徳太子さんが建てはったそうや。もう千年以上も前やそうやでェ」

とどうでもいいような口調で答えた。すると亀の池の前に出た。何百匹もの黒い亀が、池の水から首を出したり、岩の上で甲羅を鈍《にぶ》く光らせてうごめいていた。

空はどこまでもどんよりと暗く、寺もまばらな参詣客も、雨に濡れそぼって客を待っている露店も、どれもみな汚れた亀の色と同じような気がした。私は、確か、大阪を離れることがいやだった筈《はず》であった。雪深い見知らぬ裏日本の街に行くことが、子供心にも淋しく哀《かな》しかったことを覚えている。だが、まだ見ぬ富山の、その雪また雪の陰鬱な土地よりも、この四天王寺という大都会の真ん中の巨大な寺院のほうが、はるかに辺境の一角のように思えてきたのだった。

「富山に行ったら……」

と母は何度も私に言い聞かせた。

「富山に行ったら、きっとお父ちゃんは一所懸命に働いてくれはる筈や」

「富山に行ったら、ぎょうさんお友だちをこしらえて、雪合戦をしたり雪ダルマを作って遊びなはれ」

「富山に行ったら、うんと勉強して、宿題を忘れんようにせんとあきまへん」

私はそのたびに、何か釈然としない表情で無数の亀のうごきに見入りながら、うん、うん、と生返事をつづけていた。数日後に、大阪を去って行く母は哀しく、また私も同じように沈んでいたのだった。私には、四天王寺という千数百年の歴史を持つ古刹《こさつ》が、人の温《ぬく》もりのまったくない巨大な廃墟に思え、亀の池の中で、池の水と同じ色の固い体を寄せ合ってひしめいている何百もの亀が、何やらおぞましい奇怪な霊のように感じられた。いや、正確には、そのとき私は感じたのでない。いまこの文章をしたためながら、当時を思い起こしてそのように感じていたであろう自分の幼い姿を心に描いてしまうのである。

私たちは何時間ぐらい、小雨の降る四天王寺の境内を歩いていたのだろうか。ほんの二、三十分で帰って行ったような気もするし、日が暮れて、数少ない参詣客の姿も消えてしまうまで、何をするでもなく金堂や五重塔や本坊の中をうろついていたようにも思える。そこのところの記憶は忽然《こつぜん》と消失していて、さだかではない。

「お腹《なか》が減った」

と私は母に訴えた。参道に出ると、一軒の大衆食堂に入った。幾つかの食べ物の混《ま》じった匂いがたちこめている小さな暗い食堂だった。何を食べたのかは忘れてしまったが、店の主人らしい老人に私は話しかけられた。その短かい会話を、私は不思議《ふしぎ》にあやまることなく思い起こすことが出来る。老人は新聞に見入りながら、こう言った。

「ぼくは、どこから来はりました」

「舟津橋です」

「遠いとこから、四天王寺さんにお参りでっか。かしこい子ォや」

私はお参りなどしなかったので、そのまま黙っていた。

「四天王寺さんは大阪のお寺でおます。そやから大阪のぼんぼんは、いっぺんは四天王寺さんにお参りせんとあきまへんのや。大きな立派なお寺でおますやろ」

私はあいまいな顔つきのまま、依然として黙っていた。自分はもうすぐ大阪の子ではなくなるのだと思った。雪のこやみなく降る富山の子になるのだ。するとにわかに楽しくなってきた。早く富山に行きたいと思った。父はきっと富山で商売を成功させてお金持ちになるだろうと思った。お金が入るようになったら、父と母はいさかいなどしなくなるだろう。そうすれば、父はもう決して弱い母をなぐったりしなくなるだろう。私は急いで食べ終えると、母をせきたてて立ちあがった。参道に出て、私はあとも見ず急ぎ足で市電の駅へ歩いて行った。四天王寺という大阪を代表する名刹は、そんな次第で、私にとっては冷え枯れた、淋しい灰色の寺であった。

私たち一家が富山での生活に敗れて再び大阪に帰って来たのは、その翌年の三月である。父と母はすでに何もかも失っていたので、それぞれが働きに出て、私は尼崎の親戚に預けられ、親子別々の生活がしばらくつづいた。私が中学生になったころ、やっと親子三人そろっての生活が出来るようになった。だが苦しい生活はそれからも長いことつづいた。私が大学生のとき、父が死んだ。父の死と前後して、私はミナミの盛り場の道頓堀《どうとんぼり》界隈を飲んだくれてほっつき歩くようになった。母とふたりで住む小さなアパートには殆《ほとん》ど帰らず、バーや喫茶店でアルバイトをしながら、同じように道頓堀を徘徊している得体の知れない若者たちとつれだって、酒と博打《ばくち》の日々をおくったのだった。だがなぜか、私はミナミの歓楽街に身を置いていても、そこからさらに南には足を向けなかった。難波《なんば》を南に下れば大国町であり、そこからさらに南に向かえば天王寺であった。けれども、私には天王寺という街は、まったくの他国といってよかった。あるいは、幼時に一度だけ母につれられておもむいた四天王寺界隈の印象が、私をそこから遠ざけていたのかもしれない。

だから、こんどこの文章の取材のために四天王寺に足を向けたのは、十歳の冬から数えて二十四年ぶりということになる。その間、ただの一度も、私は天王寺という街に踏み込んでいないのである。

私が訪れたのは、ちょうど彼岸の中日《ちゅうにち》で、天王寺の駅前から参道に通じる道にも、参道から境内につながる道にも、多くの人々がひしめいていた。道には途切れなく露店が並び、コートなど着ていられないくらいの春の陽光が空中に舞う塵埃《じんあい》をはっきり映し出していた。市電は廃止され、道は幅広く整備され、新しいビルと洒落《しゃれ》た喫茶店が並んでいたが、しかし確かに、そこは二十四年前と変わらぬ雑然たる巷の只中であった。自動車の排気音とビルと人波と、街の底から湧《わ》いてくる騒音に囲まれていると、そこからつい目と鼻の先に、千数百年という歳月を経て来た聖徳太子創建の古寺があることなど、決して信じることは出来ない。しかし四天王寺は、いつの時代にあっても、間違いなくそこにあった筈《はず》である。しかもどの時代にあっても、街の音と活力と人波のど真ん中で、幾度もの伽藍の焼亡を経ながら、私が二十四年前に見たものと同じくある不思議な寂寥感を持ちつづけてきたのではなかろうか。

私は母とふたりで小雨降る参道を歩いたことを思いながら、両脇をおびただしい数の露店に挟《はさ》まれた道を歩いて行った。古着を売る店の隣りには、安物のボタンを売る店もあった。一合升《いちごうます》でちりめんじゃこを計り売りしている若い衆《しゅ》もいれば、ぶ厚くつみ上げた海苔《のり》を売っている色の浅黒い刺青《いれずみ》を入れた男もいる。他の露店に見られるような、子供のよろこびそうな品物は何ひとつ売っていない。ゴム紐《ひも》だけを商《あきな》う店、端《は》切《ぎ》れだけを商う店、それらの店に混《ま》じって何店もの一合升でちりめんじゃこを売る露店が並び、ローソクや仏具をあつかう店が点在している。いったい誰が買い求めるのか、履物《はきもの》の修理道具だけを店頭に並べている店もあった。それらおびただしい露店に沿《そ》って、おびただしい数の人々が、境内に向けて緩慢《かんまん》に歩いていた。どこまで行っても人の群《む》れと露店ばかりで、私はいつになったら境内に入れるのか心もとなくなって、ローソクを売っている婦人に、

「このまま行けば境内に入れるのでしょうか」

と訊いてみた。婦人は一瞬怪訝《けげん》な表情で私を見つめると、

「へえ、まっすぐ行きはったら、よろしおますねん」

と言った。四天王寺に来て、何をとぼけたことを聞いているのだ、この人波を見ればば判りそうなものなのに、そんな顔つきであった。言われたとおり、歩いて行くと、あの二十四年前とまったく同じように、突然西門の前に出た。極楽門《ごくらくもん》と呼ばれる西大門をくぐって境内に入っても、そこにはもう数えきれないくらいの無数の露店が店を張っていた。寺の建物を覆《おお》い隠《かく》すほどに、所狭《ところせま》しと露店がひしめいていた。こんどは参道では見られなかった子供相手の商品が、色とりどりの光沢を放って客を待っていた。いまでは手に入れようとしても入らないであろう何色ものニッキ水を売っている店があった。私は帰りがけに、子供のために買っていこうと思いつつ亀の池の方に向かった。

四天王寺が聖徳太子によって創建されたのならば、そこに当然法華経《ほけきょう》の影響が受けつがれている筈である。歴史をひもとくと、天長二年（八二五）に、太子廟に法華聞説の詩を奉《たてまつ》ったとあり、同六年には円仁が講師となって法華経、仁王経を講じたとある。そして四天王寺は教理上次第《しだい》に天台化していったのである。だがそれから約千年の後、第二次世界大戦後すぐの昭和二十一年に、天台宗より独立し、二十二年、和宗開創を宣言したとされている。和宗とはいったいどのような宗教であるのか私には判らない。何を本尊とし、何を根本の教義とする宗派なのか、私にはまったく判らないが、長い長い歳月が、四天王寺という古刹に、必然的にか、あるいはある避けられない歴史の流れによってか、和宗という四天王寺だけの仏教を持つに至らせたのであろう。和宗――私にはやはりわけの判らない宗派である。太子を祭る祭壇もあれば、地蔵もある。弥勒《みろく》三尊をおさめる塔もある。しかも亀の池の前の石舞台《いしぶたい》では、数人のたすきがけの婦人たちによって御詠歌《ごえいか》が詠《うた》われ、御詠歌のための舞いが舞われていた。日本の宗教を寄せ集めて、それを千数百年の古刹の大伽藍の中に置き、どうぞ御自由にお好きな対象物を拝んで下さいと放り出したみたいな気がするのである。私には、そのことはどうしても奇怪なことであるように思えてならなかった。それが四天王寺というものであるならばなるほどそれくらい四天王寺にふさわしいやり方はないと言えるかもしれない。私には、二十四年前の、母とふたりで歩いた四天王寺の境内の景観がどうしても消えずに残っている。あの暗く淋しかった四天王寺、何もかもが灰色であった寂寞《せきばく》たる四天王寺、堂々たる歴史を誇りつつ、なお人の温もりを感じさせなかった四天王寺。私は、彼岸の中日という、四天王寺におけるもっともにぎわいある日に太子殿の前にたたずみつつ、じつはきょうの晴天のもとに光り輝やく、人々の群れ集《つど》う大伽藍は決して四天王寺そのものの持つ本質をあらわしてはいないのではあるまいかと感じたのである。本当は、四天王寺という、大阪の街の中に建つ寺は、千数百年前から、いつの時代にあっても、また一見賑《にぎ》わいを見せているように映《うつ》っていても、じつは絶えず淋しく冷え枯れたものをその底に抱きつづけて来たのではなかったのか。これは何の根拠もない私だけの感想であって、批判でもなければ否定でもない。論考抜きの、ただの感懐である。

私が子供のとき、ある特殊な寂寥感を持って訪《おとず》れたあの日からきょうまでの二十四年間は、四天王寺の千数百年という歴史の中にあっては、まさに夢の如き一瞬と言わざるを得ない。だが、その夢みたいな一瞬の間に、四天王寺は何ひとつ変動せず、巷の中で（私の目には）、暗く淋しい灰色の、しかもどこまでも無秩序な雑然たる一角を占領しつづけて来たように思える。それはきっと、私の関《かか》わった二十四年間だけでなく、推古天皇の即位元年（五九三）に皇太子として万機を総摂した聖徳太子が、難《な》波《に》《わ》の荒陵に四天王寺を創建して以来、さまざまな時代を迎えつつも、決して失なうことなく持続してきた四天王寺という寺の持つ本質のようなものではなかったろうか。

地蔵に手を合わす夫婦づれを見、太子像を拝む老婆を眺《なが》め、弥勒三尊に参拝する老人会の人々のうしろ姿に目をやりつつ、私は春光の中に立ち停《ど》まって、あらためて、四天王寺を見渡してみた。そして、四天王寺が、見まごうことなく、大阪という街に存在し大阪人の信仰の地として今日までつづいて来たことを思い知らされたのである。

　私は再び一軒一軒露店をのぞきながら歩いた。すると、彼岸の期間が終り、どこから集まって来たのかと思えるこれら何千にものぼる露店が去ってしまったあとの、整然とした、しかも一種荒涼たる境内のたたずまいが心に浮かんだ。十歳の私が、心細さを内に秘めた母と、ひとつの傘に入って歩いた境内の道であった。

　私は子供のみやげにと、赤と黄と緑の三色のニッキ水を買った。その横に、下駄《げた》の鼻緒《はなお》だけを売る店があり、そこの主人とニッキ水を売る女主人とがトランプをやっていた。私は、ニッキ水があまり高かったので、つい、

「こんなもんが三百円もするんかいな」

　と言ってしまった。女主人はトランプの手を止めて、

「ほんなら、大阪中を歩いてみなはれ、もうこんな物《もん》、どこを捜したかて売ってへんでェ。それ考えたら、五百円でも安いくらいや」

　と屈託のない表情で言い返された。

「四天王寺の次は、どこへ行くんですか？」

　と私は訊いた。

「どこへでも行きまっせェ。日本中、お祭りのあるとこやったら、おかまいなしや」

それから数日後、私は何かの用事で難波《なんば》まで行った。いまにも雨の降りだしそうな日で、デパートで買い物を済ませると、梅田に帰るために地下鉄の駅に降りて行った。そこでふと、もう一度四天王寺を見ておきたくなった。その気になれば、地下鉄で二駅程度だったから、行き先を変更して天王寺まで行った。母と歩いた参道を行くと、大衆食堂が一軒汚れた暖簾《のれん》を出していた。私の記憶に間違いがなければ、確かその店で私と母は何か丼物《どんぶりもの》を食べた筈だった。あのとき、私に話しかけてきた老人が健在だとは思えなかったが、私は暖簾をくぐって内に入り、ラーメンを註文した。私と同じ歳格好《としかっこう》の主人が、店の奥に坐っていた。店内は改装され、天井も壁もテーブルも白っぽい色に統一されていた。私はラーメンを食べ終えると、出された茶を飲みながら、

「ここで御商売をするようになって長いんですか」

と訊いてみた。

「そうでんなァ。爺さんの時代からですさかい、もう三十四、五年にはなりまんなァ」

「子供のとき、一回だけ、このお店に来たことがあるんですよ。六十ぐらいの御主人

がいてはって、ちょっとだけ話をしました」

「……へえ、そうでっか」

主人はそれだけ言って、あとは黙っていた。

私は店を出ると、また参道を歩いて西門のところまで行った。境内に入って、もう一度四天王寺にある物を見ておくつもりだったが、曇り空の下で、いやに眩《まぶ》しく光っている若葉の繁りを目にした途端、私はついに不遇のまま世を去った父のことを思い出し、境内に足を踏み入れぬまま、もと来た道を戻って行った。初夏ではあったが、そこから見えている四天王寺の伽藍は、やはり温もりのない、荒涼たる建物でしかないように私には思えた。

私の愛した犬たち

「電車道で死んでる犬、お宅のムクちゃんとちがいますやろか？」

近所の薬屋のご主人が、真夏の早朝、私の家をそっと覗《のぞ》き込んで言った。私ははだしで走り出て、まっすぐに伸びる市電のレールの彼方《かなた》をこわごわ見やった。レールから三十センチ程《ほど》横の路上で、私の愛した一匹の生き物が死んでいた。体はまだ暖かく、柔かった。外傷はなく、おそらく市電ではなく自動車にはねられたのだろうと、薬局のご主人は呟《つぶや》いた。そして、自分の店から大きなダンボール箱を持って来てくれ、ムクの死骸をその中に入れるよう促した。ムクは父が秋田犬で母が柴犬だったからかなり大型で、そのうえ誰もがムクとは呼ばず〝おデブちゃん〟と呼ぶくらい太っていたので、私ひとりでは持ちあげることが出来なかった。薬局のご主人が下半身を持ち、私が上半身を抱き、やっとこさダンボール箱の中に納めることが出来た。ダンボール箱を満身の力でかかえあげ、ひとりよろよろと家への道を帰りながら、十九歳の私は、もう生涯二度と生き物は飼うまいと心に誓った。みんな死んでしまう。みんなこの世から消えていってしまうと思った。親に死なれて、もう生きるてだてのなくなった鳩の雛《ひな》を自分の懐《ふところ》の中で育てたことがある。トウモロコシをつぶし、菜種《なたね》をつぶし、米をつぶし、それらを混《ま》ぜ合わせ、水でミルク状にといてスポイトで与えた。

「お前の寝るとこはここやでェ」

といくら教えても、巣から出て私の懐にもぐり込んだ。だから、朝、目を醒《さ》ますと、私の胸は糞だらけで、母にしょっちゅう叱られた。やっと少し飛べるようになったある日、私は箪笥《たんす》の上に雛を乗せ、部屋の隅に立って、

「さあ、思いきってここまで飛んでみィ」

と手を叩いた。雛は私めがけて飛んだ。だが少し遠過ぎて、途中で力つきた。そして落ちた。炭のおこっている火鉢の中に落ちたのだった。私は絶叫し、雛を助けようとしたが、なす術もなく、生きたまま焼けこげていくのを見ているしかなかった。

私が初めて飼った犬はデンスケという名の、片一方の耳は立っているのに片一方の耳は垂れているヘンテコリンな雑種だった。〝お手〟も〝お坐り〟も出来ないくせに、死んだ真似《まね》をするのが上手だった。小学校二年生の私が指鉄砲をつくり「バァー

ン」と声をあげて撃《う》つ真似をすると、その場にばったり倒れ目を閉じるのである。他の誰がやっても駄目で、私の指鉄砲でしか死んではくれないのである。おとなたちは悔しがり、私は得意で、そんなデンスケを可愛くて可愛くてしかたなかった。デンスケは川で溺《おぼ》れ死んだ。私は泣きながら、沈んでいくデンスケを見ていた。やっと長い物干し竿を持った父が駆けつけたときには、デンスケはもう再び浮かんではこなかった。二匹目の犬はマリという名である。小学校六年生の私が道で拾ってきたのだった。母はマリを見てびっくりぎょうてんした。もうあと二、三日で子供が産まれるという腹をしていたからである。母は、子供が産まれたら、必ず捨ててくるようにと言った。私は生まれて初めて、生き物が、母親の体内から出て来るさまに接した。私は一睡もせず、暗がりに隠れて、マリの体から四匹の仔犬《こいぬ》が産まれ出る光景を見た。二匹は貰《もら》い手があらわれ、一匹は死んだ。残った一匹に、私はムクという名をつけた。必ず捨ててくるようにと言われたのに、私は母にすがって、マリとムクを飼ってくれと頼んだ。母はしぶしぶ許してくれた。ところが一ヵ月後、学校から帰ってくると、ムクの姿がない。

「さあ、どこへ行ったんやろなァ」

と母は言ったが、その言い方にはどこかにためらいがあった。私が必死でムクを捜《さが》しているると、母がそっと近づいて来て一部始終を説明してくれた。近所に運送屋があり、道が狭いので、Uターンする際、いつも私の家の前にバックで入って来て、そこから右折する形で出て行くのである。その日も、運送屋の主人は「いっつもすんまへんなァ」と言いながら、車体をバックさせて来た。仔犬のムクが寝ているのに誰も気づかなかった。まるでボールが割れるような音がしたと母は言った。運送屋の主人が車体の下を覗《のぞ》き込むと、ムクの頭がふたつに割れていた。父はあることを思いつき、犬屋に行った。ムクとそっくりの仔犬を求めるためにである。泣いている私の前に、買物籠に入ったメスの仔犬が置かれた。私は父に、これはムクではないと駄々《だだ》をこねた。私のムクを返してくれと。すると父は、私を殴《なぐ》った。ねんねみたいなことを言うな。死んだものが生き返るか！　きょうからこれがお前のムクだ。父が買ってくれた犬に、死んだ仔犬と同じ名前がつけられた。ところが、哀しい事態が発生した。マリが、狂ったように二代目のムクを噛《か》み殺そうとするのだった。そのうえ不思議なことに、マリは自分の子が車にひかれる現場を見ていたわけではないのに、運送屋の主人に烈しく吠えつづけるのである。人のいい運送屋の主人は、目に涙《なみだ》をためて、

「カンニンしてェな。知ってやったんとは違うんや。頼むさかいカンニンしてェな」

と吠えられるたびにマリに両手を合わせて謝《あやま》った。しかし、マリは、運送屋の主人

を許そうとはしなかった。ついに父は、マリを知人に預かってもらったが、それからふた月後に瘦《や》せ細って死んだ。どんなおいしいものをやっても口にせず、衰弱死したそうである。

死んだ仔犬の代わりとして我が家の住人となった二代目ムクは、たんわりとした犬であった。〝たんわり〟とは大阪弁で、おだやかなとか、のんびりしたといった意味で使われる言葉である。単におだやか、のんびりだけではない、もっと深いニュアンスの籠《こ》められた言葉であるが、私はそれをうまく説明することは出来ない。大阪弁には、そういう奥深い表現法がたくさんあるが、この小文の本題から外れるので、それには触れぬことにする。とにかくムクはたんわりした性格だった。決して怒らなかった。どんないたずらをされても、されるままになっていた。近所の人も、みんなムクを可愛がってくれた。泥棒が忍んで来たら、吠えるどころか、わざわざ戸をあけてやるだろうと言う人もいた。ムクは私が十二歳のときにあらわれ、七年後に死んだが、その間に二十数匹の子を産んだ。そういう時期が来ると、あっちからこっちから、オス犬がムクのところに集まってくる。父はムクを「大地の母」と称した。女の中の女だとも言った。「どんな男も受け容《い》れて動じず」と言って笑ったこともある。ムクの産んだ子供の一匹は、誰も貰い手がつかず、仕方《しかた》なくコロと名づけて育てた。母犬とは正反対の性格で、誰がどんな餌を与えて近づこうとしてもしっぽを振らない。私と私の両親にしか断じてなつかなかった。ムクはムクで可愛く、コロはコロでまたたまらなく可愛かった。けれどもコロは自分の母親よりも先に死んだ。病名は忘れたが、肝臓がウィルスに冒《おか》される病気で、発病して四日目に、青い液を吐いて私の膝の上で息を引き取った。私は泣き虫で、生まれて今日まで何回泣いたか判らないが、コロが死んだとき以上に泣いたことはない。

生涯二度と生き物は飼うまいと誓った筈なのに、十日前、私はビーグル種のオスの仔犬を買って来た。デンスケ、マリ、ムク、二代目ムク、コロにつづく六匹目の犬である。私の幼い息子たちに、愛するものを与えたかったからであり、生老病死という厳然たる法則を自然のうちに認識させたかったからである。

「内なる女」と性

ある日、私は歯ブラシをくわえたまま表に出て朝日を見た。幾《いく》つかの綿雲がそれを一瞬さえぎった。雲のふちだけが桃色に光った。

そのつかのまの、何のへんてつもない光景が人間を一変させるとは、じつに奇怪な、楽しい、哀《かな》しいことではないか。

中学二年生の私の命がそれまで内に蔵《かく》していたものを、時至ってついに吐き出し、体内に流動させ始める引き金となったのが、うしろに朝日を隠したひとちぎりの雲の桃色の光であったことは、あたかも無数の人生の幸福と不幸を創り出す因果《いんが》の隙間《すきま》に、別の不思議な媒介物の存在を暗示している。

私は突然自分を襲った歓《よろこ》びに当惑し、うきうきし、得体の知れないうずきにとまどいながら念入りに歯を磨《みが》いた。あんなに丁寧《ていねい》に歯を磨いたのは、生まれて初めてであったに違いない。

私は自分の歯が純白に輝くことを願った。それから顔を鏡に映し、いろいろな角度から己《おの》れの容貌を観察した。もう六、七ミリ鼻が高かったら、俺《おれ》はきっと男前だろうなと思い、鼻筋《はなすじ》のとおった母に似ず、獅子鼻の父に似たことを残念がったりした。「若草物語」に、鼻を高くするため、洗濯バサミでそれを挟む少女が登場するが、私も本気で試してみようかと考えたくらいである。時を同じくして、私の中に女の部分が生まれた。部分と言うよりも、女そのものと言った方が正直だろう。

私は男であったが、内部に女が同居するようになったのである。それは私の中に、女性的な気質が発生したということではない。動き、語り、性欲を訴え、私に抱かれたがる、まがうかたなきひとりの女が住みついたのだった。

それは昂じれば、私を男色家にさせたかもしれないと一時期考えたものだが、いまはそうは思わなくなった。男色家の内部には、おそらく女は住んでいないに違いないと思えるようになったからである。男が男を性の対象にするようになるのは、もっと異質な精神の回転の成せる技である。誰もが通過する性的発育の途上で、無意識の、そのさらなる奥の領域においてつまずいた人たちかもしれない。

古代の終わりも、中世の終わりも、近代の終わりも、さらにはいまこの現代も、意識下の途方もない深部で、人間たちが、性だけでなく、あらゆる本然の営《いとな》みに対してつまずきやすい時代だと言うことが出来る。
中学二年生の私は、私の中の女と、どんなつき合いをしたか。「愛し合った」のであった。

肩を寄せ、夜の浜辺を歩き、波の音にまみれて交合した。蒲団《ふとん》の中は、浜辺になったり、緑の野原になったり、雪に包まれた山小屋になったりした。

椎名麟三の「美しい女」は名作である。関西の私鉄で働く四十七歳の一労働者〝私〟は、実直なお人よしで、馬鹿《ばか》とか臆病者と仲間や妻から言われても、電車とそれを運転することが大好きで、彼の希望は停年になって会社を辞《や》めさせられると同時に死ぬことである。そんな〝私〟は、心の中に住むひとりの美しい女の声を絶えず聞いている。

その、笑いかけ、話しかけてくる「美しい女」と彼は交合しない。抱擁もせず凌《りよう》辱《じよく》もしない。しかし、もし椎名の中に実際に秘密の女がうごめいていたとしたら、氏は私がやったのと同じように、時には犯し、時には優《やさ》しく抱き合い、その美しい裸体を自在に我が物とした筈である。

接し方はさまざまであるにしても、男は性の烈しい芽生えの時、それぞれがそれぞれの「美しい女」を心の底に囲っているであろう。それが正常なのか異常なのかとまどうゆえに、男たちは、自分の中の女の存在を、生涯口が裂《さ》けても口外しないのである。妻が眠っている横で、夫はひそかに、自分の中に住みついた女と交わっているかもしれないのだ。ユングの「内なる女、内なる男」は、一見、人間の病理をみつけだす理論のようであるが、それは、人間の命の不思議を教える科学だったのだろうと私は思う。

私は、私の中に生まれた女が、母ではなかったことを幸運に思う。オイディプス王の劇を取り上げるまでもない。しかも私は同時に、夢想の中で交合した女が、自分の母ではなかったということこそ、あるいは自分の病理の根源ではなかろうかとも思うのである。自分というものが、自分でもわからぬ不思議な悪や善を内包しているのを、性によって知った事実こそ重要である。

しかしそんな精神分析が何になろう。それでも私は肉体だけはおとなへおとなへと進行していった。

肝心なのは、精神もおとなになっていったかどうかではないかと問われたら、私は、父も殺さなかったし、男色家にもならず、痴漢行為もしなかったし、ごく普通の恋愛をし、結婚し、ふたりの息子をもうけたと答えることにしよう。しかし私は結婚を間近にひかえたある日、電車の中で突然不安神経症というノイローゼにかかった。

私の「内なる女」とのつき合い方が、あるいはこの病気の種に芽を吹かせる因となったと思えぬこともないのだが。

さて、これまで〝性〟について、それをひとつの理論としてあまり真剣に思いをめぐらすということはなかった。自分が生きるうえにおいても、また小説を書くうえにおいても、その深部にわけ入ってみたい必要性や誘惑に駆られなかったからである。

そういう意味において、私はあまりおもしろい人間ではない。気恥しいのでもなく、小馬鹿にするわけでもない。それは飯を食べたり、空気を吸ったり、働いたり、読書をしたりするのと同じ次元のものとしてとらえていたから、自分のポジションでもターゲットでもなく、それゆえ、性に哲学的考証や人生的意味をこじつけるのは、つまらぬ労力を自分に課すだけだと思ったのであろう。しかし現在、人々の多くが性に遊戯じみた細工を、考えられるかぎりの浅知恵であみだして埋没しているさまに、遠くから視線を投じていると、世界がいよいよある大きな変遷を開始したことを、確信をもって予感せざるを得ない。

先言を繰り返せば、古代の終わりも、中世の終わりも、近代の終わりも、性に対する遊戯じみた細工が人間界にひろまったことによって、別文化への移行に向かってゆるやかに動きだし、新しい予期せぬ時代へとつながっていった例を、私は歴史から感じている。

私の読みはおそらく正しい。人は飢餓の時、性に遊戯じみた細工を弄《ろう》したりはしない。一定の快楽に、より以上の快楽を求めようとあがくのは、満腹な人間か、畜生の化身か、かたよった豊かさと空疎な自由に疲れ果てた人々のいずれかであろう。物足りない、何か物足りない……。こんなに豊かで自由なのに物足りない。何かを喪《うしな》った、何か大切なものを捨ててきた。人の心にそうした呟《つぶや》きが充満してこないかぎり、時代は動きださない。

いま性は再び行きつくところまで行きついたようである。そして人々は性に限らず、すべての快楽と安穏《あんのん》に、はっきりと物足りなさを感じだして久しいようでもある。

いよいよ始まる。世紀末とその先の、私にとっては待ち望んでいたものが始まるのだ。だが、それが高度な精神文化の復興となるか、とんでもない破滅への胎動となるかは、〝性〟がその鍵のひとつを握っているのやもしれぬ——ふと自分でも思いも寄らなかった想念にとりつかれて、私はひとりよがりな論考と私的挿話を織りまぜてみることにした。だが、はっきり言っておくが、性を己《おのれ》の思想の道具として使用している幾多の人々は、実は、思想など何も持たぬ人である。性は人間の一部であって、全体ではないのだ。性は、使い方ひとつで、いかにも深い思想の代弁であるかのように受け取られることを利用している小説家が最近増《ふ》えて来たようである。それらの人々の計算は、性が人間の奥底に深くかかわっているという単なる勘にもとづいているにしかすぎない。作家はタネがつきると性に凭《もた》れかかるという見えすいた傾向を、読者は頭に入れておくべきである。

私が思春期をおくった時代と今とでは、相当世の中の規範が異なっている。私の中にひとりの女が住みついたのは、実物が手に入らなかったためだと言えば言える。少なくとも、それが大きな誘因となっていることは殆《ほとん》ど間違いないだろう。だが少年たちが、生きた性の対象を容易に手に入れることが出来たら、彼らは「美しい女」をひそかに心に隠し持ったりするだろうか。

食べる物さえあれば肉体は成長する。けれども、自分の中に秘密の女をしのばせて、何食わぬ顔で雑踏を歩いた少年の精神と、実物の女とあたかもゲームみたいに交わって成長した少年の精神が、同じ年月を経て同じ地点に達することはないに違いない。

どちらがいい悪いの問題ではなく、どちらが精神の複雑さを学んだかの問題なのだ。どちらが詩人の心を持ったかの問題なのだ。私は詩人と言ったが、それを笑うなら、どちらが人間の心の機微を観じる方法を会得《えとく》出来るかと言い変えてもいい。

ステージで歌う少女歌手に、何百人もの少年たちが手を振り金切り声で声援をおくる。なかには大学生までも混《ま》じっている。

あれはいったい何なのか。いつのまに若者たちの多くは、男でなくなってしまったのか。

花嫁と交われぬ男が増えた。なぜか。自分の中に、感情を持った女を囲うこともなく成長してしまったからである。挫折《ざせつ》などとは凡《およ》そ無縁の世界の中でおとなになったからであろう。

最も人間の本然的営みである性の次元に乱れが生じると、思想も、それにつられて経済も、それに合わせて政治も乱れていく。あたり前の方程式である。これに気づかぬ習いそこないの学者が、人並以上の収入を得ているのは、じつに馬鹿げた現実である。

しかし忘れてはならないのは、性の乱れと思想、政治の乱れとは、ひとつの秩序ある円転をつづけるという歴史的事実なのだ。卵が先か、ニワトリが先かであろう。性の及ぼすものは、きっと命の力のごく一部の、けれどもすべての人間の本性の発露として、個人と歴史の流転に恐るべき魔力を放射しているに相違ないであろうから。

そしてその時、まっさきに人間に取りつくのはエゴイズムである。エゴイズムこそ、人間を成長させない最大の毒薬であることを知らないのが、他ならぬインテリゲンチュアなる人種であるというのは面白い。

もし、世紀末の向こうに、哀しむべき破滅が待ち受けているとしたら、その片棒をかつぐのは一部のインテリゲンチュアたちである。そして彼方に高度な精神文化の復興がもたらされるとしたら、それは純朴《じゅんぼく》な民衆と、民衆の支持を受けた者たちの労苦によってである。

真冬の夜、高校一年生の私は、大阪駅の前の、通称「阪神裏」と呼ばれる入り組んだ路地を、胸をどきどきさせながら歩いて行った。風態《ふうてい》の悪い男たちが、路地の曲がり角ごとにたむろしていた。

客を待つ娼婦が、足踏みして寒さをまぎらわせている。おない歳《どし》の友人は、怯《おび》えている私を見て、

「なんや、恐いんか」

とひやかした。

「やくざみたいなやつが、いっぱいおるやないか」

「そらいてるわいや。ここらはそういうとこなんや」

友人に再三にわたってあおられ、私は百円玉二つをポケットに、ひとりの女を捜《さが》してやって来たのだった。その女を見たことのある友人たちは、目を輝かせて「ごっついべっぴんやぞォ」と、それが嘘《うそ》でない証拠に、一瞬妙に照れ臭そうな顔をして頷《うなず》き合った。

女は、体は売らないのだということだった。見せてくれるだけである。二百円で、一本のマッチの軸が燃え尽きるまで、スカートをたくしあげ、見せてくれるだけなのである。

そこは戦後は闇市で、やがて住みついた人々によっていつのまにやら衣料品街になってしまった、蟻の巣のような場所だった。立て看板が冬の風にあおられて気味悪く揺《ゆ》れた。店先のテントが、ばたばた戸板を叩《たた》いた。

私は帰りたくなったが、マッチの火で浮きあがる女のあれが見たくてたまらなかった。

「おった。あいつや」

と友人が小声で言った。女は路地の隅の電柱の横で椅子《いす》に腰かけていた。まるで菓子屋にガムを買いに来たみたいな口調で、友人は女の傍《かたわら》に駆け寄り、

「見せてんか」

と言い、私を手招きした。

「なんべん見に来るねんな。おんなじやつにばっかり見られるのん、いややわ」

暗くて、女の声だけがはっきり聞こえ、顔は見えなかった。

「俺と違うねん。あいつや」

私が突っ立ったまま、いくら手招きされても近づいてこないので、

「恥しいのは、うちの方やでェ」

と女は私に言った。その言い方には、どこか優しさがあった。

「先払いやぞォ。二百円、二百円」

友人ははしゃいでいた。私が金を渡すと、女は椅子から立ちあがり、私にマッチ箱を渡し、スカートをめくりあげた。

「はよせな寒いやんか」

女にせきたてられたが、彼女はスカートを膝《ひざ》より少し上あたりまでしかめくっていなかったから、私はマッチの軸を持ち、途方にくれて、何度も乾いた唇を舐《な》めた。

「スカートの中にもぐりこむんや。そないせんと、風ですぐに火が消えてしまうやないか」

友人が教えてくれるまで、私はそのことに気づかなかったのだった。私が腰をかがめて、おずおずとスカートの中に半分程顔を入れると、女はそれまでたくしあげていたスカートをおろした。

「もうちょっと離れてェな。やけどさしたりしたらいややでェ」

女はくつくつ笑いながらスカートの中の私の頭を撫《な》でた。

私はマッチをすった。地面に跪《ひざまず》いているので、膝が冷たく痛かった。マッチの火はあっというまに消えてしまった。

「お前、初めて見たやろ？」

「うん」

「どんな気がした？」

帰る道すがら、友人は執拗に、私から何らかの歓《よろこ》びの言葉を期待してそう訊いたが、私は、初めて見たものの形を、どう表現したらいいのか判らず、ただ、うん、うんと答えるばかりだった。本当に、何と表現したらいいのか判らぬものを、生まれて初めて十センチと離れていないところに見たのだから。

しかし、そのもののじつに見事な表現を、それから一ヵ月もたたないうちに、私は山本周五郎の「青べか物語」の中にみつけた。

「――まるでいま笑《え》んだ柘榴《ざくろ》みてえだっただ」

その女が、みんなの言うように「ごっついべっぴん」だったのかどうか、それすら見届けることは出来なかった。私は父に「マッチの女」の一件をついうっかりと喋《しゃべ》ってしまった。

すると、父は笑って、

「あれは、風呂敷や」

と言った。

それが、女性のその部分を表現した言葉であることに、私はしばらく気づかなかった。

そして上等の風呂敷と安物の風呂敷との違いを、微に入り細をうがち教えてくれ、

「こんど、また見とうなったら、一万円持って行け。太いローソク持参で」

と言い、私の首根っこを押さえ、大声で笑った。私が父のあれほどまでに楽しそうに笑ったのを見たのは、それが最後だったような気がする。私の父がそのような人であったことを、私は何ものかに感謝せずにはいられない。

私の中に住んでいた女は、それ以来いっそう烈《はげ》しく交合を求めてきた。ある時は聖女の恥じらいを含んで。ある時は淫《みだ》らに腰をくねらせて。

私はハーレムの王のようになり、カサノヴァのようになり、性技に長じたジゴロのようになった。

私は大学生の時初めて生身《なまみ》の女を知ったが、それまでに、日ごと夜ごと、私の中の女と交わってきたので、とまどいも怯《おび》えも感じなかった。少々思ったようには事が運ばなかったのは仕方がない。相手は私の中の女とは違っていたのだから。

さて、ある日突然、私の中に住みついた女が、いまどうしているか語るまでもない。その女は私に多くのものを与えたことだけを述べるだけで充分なのだ。

彼女は私にありとあらゆる性教育をほどこした。しかも彼女が私にもたらしたのは、性に関してだけではなかった。私に巨大な物語をのこしたということが、じつは最も大きな恵みであったのだ。

彼女の存在は、私に潔癖を強《し》いたときもあり、私のある部分を純情なままに保《たも》つ役割を果したときもあった。私に詩を教え、心の機微に触れさせた。

男はなんびとたりとも決して口外しないであろう。だが、私は知っている。他の男たちもまた多少の差異はあれ、内なる女を囲っていたこと、そして、それが、彼らをおとなの人間に成長させたことを。

その内なる女とは何者か。命の、まぎれもない作用のひとつだったのである。私はいまそれが判る。しからば命の汚濁《おだく》は、性の汚濁をもたらすだろう。人間の精神に、汚濁の物語をもたらすだろう。密接なつながりをもって、それは世界を汚染するだろう。

内なる女と（断っておくが、それは単なる自慰の対象物としての人形ではない）交合せぬままおとなとなった人間が社会に蔓延《まんえん》し、味も素気《そつけ》もない精神で快楽を追い、それを遊戯化し、精力を喪い、ついに狂人と化していく。巧妙な情報操作にたやすくだまされ、スローガンにたぶらかされ、戦争へと狂奔する人間は狂人だ。

快楽の豊かさ、物質の豊かさで太った戦争を知らない若者が陸続と世の中に送り出されている。彼らは、ひめやかなものを内なる存在として隠し持つ時期を多少たりとも持ったであろうか。

彼らには、たぶんあの「マッチの女」の底深い蠱惑《こわく》性を理解出来ないに違いない。なぜなら、いま、父の言った風呂敷なるものは白日のもとにさらされ、巷《ちまた》に氾濫《はんらん》しているからだ。内に女を住まわせていた貴様の方がよっぽど狂人だと言われたら、いかにも、私も狂人だと答えよう。

だが狂人にも種類があるから、どちらが悪《あ》しき狂人であったかは結果を見るしかないと、いまのところはそうつけ加えておくしかあるまい。けれども、命のすさまじい力を私は信じる。万物の成住壊空《じょうじゅうえくう》をつかさどる偉大なる命にひれふそう。

ついにすべての快楽と安穏《あんのん》とエゴに疲れ果てた人間たちが、一定の周期をもって訪れる世紀末の彼方《かなた》に、精神のルネッサンスを求めることは必定だ。泣き、怒り、動き、喋り、交わり、食べ、飲み、愛し、憎しみ、考え、創り、そして生かし……。それらありとあらゆる営《いとな》みの究極の力たる命が、現代の糜爛《びらん》した性をもまた高度な精神文化への希求力へと変じるであろうと私は信じている。人間の力とは、それほどまでに底深い。

その時期はそんなに遠くない。私はじっと待つことにしよう。二十年、三十年と、営々と私は待つことにしよう。

南紀の海岸線

大阪の天王寺から和歌山まではあっという間だが、その先が長い。列車はしばらく海沿いから離れて、何の興も得られない狭苦しい丘や蜜柑《みかん》畑の間を縫《ぬ》って進む。ところが線路が曲がりくねり始め、トンネルが多くなってくると、窓外の景観にある種の凄《すご》みが加わってくる。枯木灘《かれきなだ》の海のもつ不思議なうねり、熊野という土地のもつ奇怪なざわめきが、速度を落として走って行く列車を包み始める。あっ、いよいよ入ったなと私は思う。いつも南紀の海岸線を旅するたびに、私はそう感じて身構《みがま》える気持になってしまう。私とはまったく異質な、決して相入《あいい》れない別の肉体の中に入って行くことに対する不安に襲《おそ》われてしまうのである。だがそう思って左右に視線を走らせても、見えるのは明るいうららかな海と、間近に迫る鬱蒼《うっそう》たる樹林、それにどこまでもつづく短いトンネルのつかの間の暗がりだけである。裏日本を旅したときに感じる淋しさや荒々しさなど、一見してどこにもみつかりはしない。にもかかわらず、私は枯木灘に沿って南へ南へと進んで行くごとに、妖《あや》しく高鳴っている血潮の中に次第次《しだいし》第《だい》に巻き込まれて行くような気分を味わうのである。私にとって南紀は恐ろしい場所である。なぜ恐ろしいのか判らないが、確かにそこに恐ろしい海、恐ろしい山がある。その風土の持つ一種言い難《がた》い生理への、私だけの拒否症状だとしか説明の出来ないことである。

ある日、一家でどこか一泊か二泊の旅行をしようかという話がもちあがった。すると母が勝浦《かつうら》へ行きたいと言いだした。遠い昔、勝浦の温泉につかった思い出があり、とてもいい湯だった、せっかく行くのなら勝浦まで足を伸ばそうということだった。母と妻、二人の幼い息子をつれて、私は天王寺から列車に乗った。その夜は勝浦のホテルに泊まり、海を眺望出来る大きな岩風呂につかった。潮鳴りが優《やさ》しく、満月に近い大きな月が見え、湯はねっとりと柔らかく、私はいつも感じるおどろおどろした不安にも襲われず、のんびりした夜をすごした。あくる日遊覧船に乗って海に出た。あれが何とかの松、これが何とかの島とガイドの説明を聞いていた。陽光に照り輝くおだやかな海であった。すると船は洞窟のように穿《うが》たれた巨大な岩の穴を抜けて外海へと出て行った。風もなく、ないだ海なのに、船の揺れには不吉なものがあった。二人の息子が突然泣きだして、どうなだめても泣きやもうとしない。何をこわがっているのか判らないまま、妻は子供たちを抱き寄せて両腕で包み込んだ。そのとき、私の中に、南紀という土地に対する拒否症状が湧《わ》き起こって来た。どうにも説明のつかない正体不明の恐怖感なのである。私たちは勝浦から新宮《しんぐう》へ行き、そこから再び天王寺への列車に乗った。南紀の海岸線は見ているぶんには何の変哲もない退屈な景色で、早く天王寺に着いてくれと、ひたすら窓に顔を近づけて樹林や海を眺めていた。

大阪に着いて、夕暮の喧噪《けんそう》を歩き始めたとき、私は紀州という、自分とは流れている血も噴き出ている汗も、なべてあらゆる生理の異《こと》なる風土が、なぜか烈《はげ》しい魅力を持ったところであるように思えてきた。そこに住みつこうとも思わない、心衰えた日に再び訪れてみたいとも考えない、どこまでも私とは無縁の土地である筈なのに、だがどこか不思議な一点で、私の何物かと結び合っている、そんな気がしてきたのだった。けれども、そんな気がしたのは勝浦から帰って来て、雑踏を歩いていたときだけで、それから少し時がたつと、おだやかで暖かい、しかも何やらもののけのしわざとしか思えない不吉なざわめきを秘めた遠い地という思いに戻ってしまった。

貧しい口元

道をぼんやり歩いていたり、考えごとをしながら乗物に揺られていたり、映画館の喫煙所で煙草《たばこ》をすっているといった、いわゆる他人に対してまったく無関心でいるようなとき、私はしばしば、あっと人目を惹《ひ》く美人にでくわすことが多い。どこかに美しい女性はいないかなア、なんて下心（べつに声をかけて、お近づきになろうという下心ではありません）を持って目をきょろきょろさせている場合は、美人にでくわすということは殆《ほとん》ど皆無なのである。そしてその思いがけず目の前に出現した美人を見て一瞬のうちに失望を感じることが、ここ数年きわめて多くなったように思う。なぜ失望するのか。目鼻立ちの美しさの底に隠された、その女性の品性の粗末さが如実にあらわれているからである。とりわけ十七、八歳から二十四、五歳の女性に一見美しいくせに、品性の粗末さをあらわにしている人が多い。それは、顔のどこに出るか。私は口元だと思っている。口元のどの部分にどのような形として出るのか。それは箇単に文章にすることは出来ない。唇が歪《ゆが》んでいるとか、つねに半開きだとか、よだれが垂れているとか、そんな形で表面化するものではなく、また口紅の色が顔立ちや服装と調和していないとかの、化粧の技巧上の問題でもない。つまりその人の隠しても隠しきれない「本性」が口元に厳然と漂《ただよ》うというわけなのだろう。顔立ちの美醜とはまったく無関係に、口元に、その人の本性が出る。目が心の窓だとすれば、口は心の玄関である。私にそれを教えてくれたのは、死んだ父で、「口元はつねに毅然とさせておけ」としばしば厳しく注意された。その人の教養の浅深（教育の浅深ではない）、心の豊かさ、あるいは卑《いや》しさ貧しさが、口元に出るというのである。顔立ちは決して美しい部類に入るとはいえないが、どことなく気品があり、その気品が、そこいらにごろごろ転がっている生半可な美人など遠く突き離して、毅然と、悠然と、独得の美しさに輝いている女性がいる。そういう女性に、貧しい口元の人はいない。そういう女性に、礼儀をわきまえていない人はなく、他人の心を理解出来ない人もいない。人間としての賢さをたずさえている人は、みな口元が毅然としている。ところが、前述したように、最近の十七、八歳から二十四、五歳の女性に、貧しい口元をしている人が多いのはなぜだろうか。外形に肥料を与えることばかり考えて、精神にその何倍ものこやしが必要であるのを知らない、あるいは知らされる機会を持たなかった人たちが、いまちょうど、十七、八歳から二十四、五歳の年齢にさしかかっているのかもしれないと私は考えている。そしてその底辺は、ますます拡がっている。

潮音風声

兄弟

どのご家庭を見ても感じることだが、同じおとっちゃんとおっかちゃんとの間に生まれたのに、なぜ子供たちの性格はてんでんばらばらなのであろうか。これが本当に両親を同じくする兄弟たちだろうかと、その性格の違いに驚《おどろ》いてしまうと同時に、生命の形成には、遺伝学などの学問などでは到底解明出来得ぬ不思議なからくりが介在しているのに気づかされる。私にも二人の息子がいる。兄は小学校の二年生で弟は一年生である。兄の方は几帳面で勉強好き。たまには表で遊びなさいと言っても家で本を読んでいる。そのかわり運動はまるで駄目《だめ》ときている。弟はまったく正反対で、五十メートル競走でも、コマ廻《まわ》し大会でもつねにチャンピオン。ガキ大将で泥だらけになって遊んでいる。しかし勉強はからっきし不得手。筆箱には折れた鉛筆が一本入っているきりで、妻に叱られてばかりいる。いくら叱られても右から左で、それは学校でも同じらしく、妻は先日担任の先生から「あまりにも落ち着きがなさすぎる」と言われた。けれども最近の子供には珍しくスケールが大きいので、教師としてどう対処したらいいのか迷っているとも言われたそうである。心配顔の妻に私は言った。「俺の息子にしては、どっちも上出来や」。私は幼い頃、勉強は嫌い、運動も苦手、友だちづきあいも下手、わがままで泣き虫で病気ばかりしていた。どんな家庭教育をしているのかと担任の先生に訊《き》かれるたびに父は平然と答えた。「人を裏切るな。他人の物を盗むな、とだけ教育しておる。梅の木にバラは咲かん」

悪魔が飛ぶ

先日、本紙を見てびっくりぎょうてんした。ソ連の打ちあげたコスモス何とかというレーダー装備の軍事衛星が故障して、一月の二十三日あたりに、地球に落ちてくると報道されていたからである。しかもそのコスモス何とかのレーダーは、原子力によって作動しているから、落下地点周辺は広範囲にわたって強力に汚染されるという。

アメリカが流した虚偽の情報ではないやろか、とおもったが、その後、ソ連が事実であることを認めた。私たちの頭上に何十、何百もの悪魔が飛んでいることは間違いない。もしその故障した飛行物体がクレムリンに落ちたら、人々は単純にざまあみろと言えるだろうか。そして二つの大国とはまったく関係ない別の国が被害をこうむっても、「ええかげんにさらせ！」だけではすまないではないか。人間とは底深い生き物である。と同時に、なんとも出来の悪いしろものでもあるのだ。その人間の作った機械が思惑どおりに動かなくて当然である。もういいかげんに武力によるおどしあいの平和に終止符をうってもらいたい。武力によって平和が樹立された例が歴史上あっただろうか。私はそれがどこか海の真ん中にそろりと落ちてくれることを願うばかりである。そう願いつつ、思想というものについて考えをめぐらせてしまう。人間が、汚濁の思想をあみだすのか、生まれた思想が人間を汚濁させるのか、いったいどっちだろうと。ない頭で考えて、私はどうやらそのふたつのいたちごっこであるような気がしてきた。ということは、悪魔は空だけでなく、すべての人間たちの中でも飛んでいるわけである。

人間の不安

どちらかというと、そんなにセンシティブでもない、ことし三十五歳になる女性がいる。私の大学時代の友人である。結婚してすでに十年たち、子供も二人いる。ご主人は大手製薬会社に勤める平均的サラリーマンである。その彼女が、ある日、なにげなく自分の年老いたときのことを想像してみた。ほんのなにげなく、いままで一度も考えてみなかった老後に思いをはせたのである。すると、何か得体の知れない不安感が、突然心の中にひろがってきた。そんなことを考えるのはやめなければと、彼女は別の楽しい夢の方に心を転じようとした。けれども、ますます不安は増してくる。眠れなくなり、そのうち自分の心臓の音が気になってきた。何の前ぶれもなく全身が鳥《と》肌《はだ》立ったり、子供の声にいらいらして食欲もなくなった。そして心臓が何やら変な打ち方をしている、という思いに四六時中つきまとわれるまでに至り、彼女は病院へ行った。内科の医者は、すぐに彼女を神経科へまわした。精神科医は、不安神経症にまでは進んでいないが、軽いノイローゼであることは間違いないと説明し、薬をくれ、こう言ったという。「こんな荒廃した世の中で、少しも心を痛めずに生きていられる人の方が異常なのですよ。あなたが正常な人間である証拠です」と。私も同じ病気で、二十五歳の時からずっと苦しみつづけてきた身として、彼女の心に生じた不安の根源が何であるかよく判る。私はそれを〝死ぬの、恐い恐い病〟と名づけている。だが死への恐怖は、ある一瞬、人間に大いなる歓喜の正体を見させることもある。

エリート意識

私はえらそうにするやつが一番きらいである。えらそうにするやつが、本当に偉い人だったためしはない。医者、大学教授、テレビ局のディレクター、作家等々。それらの職業につくと、人は我知らず傲岸《ごうがん》になるものらしい。いや、反対かもしれない。えらそうにしたがるやつが、自然にそういう職種を選んでしまうとも考えられる。一部の新聞記者もその一例である。断っておくが、いまあげた職業の人すべてがそうだと言うのではない。そういうやつが多いと言っているのだ。えらそうにしている記者の特徴をあげてみよう。第一に態度や言葉づかいに独特のポーズがつきまとっている。取材してやっているのだ、記事にしてやるのだぞという、それとないポーズである。口に出さないだけで、目や物の言い方に、ありありと出ている。第二に、自分の職業は社会ではエリート階級に属しているのだという意識を、やはりそれとなく相手に判らせたがっているそのあからさまな態度。第三に、社内におけるセクト主義を、外部の人間に対してぶつけてくることである。私がある担当記者に用事があって電話をする。その人は外出している。すると代わりに電話に出て来た別のセクションの記者は、他の企業では考えられないくらい失礼な応対をする。木で鼻をくくったような言葉づかい。「お前と俺とは関係ねェんだ」。そう心の中で呟《つぶや》いている声が、私にはちゃんと聞こえる。なぜそうなるのか。そんなに記者とは偉い人たちなのだろうか。雨の日も雪の日も、黙々と新聞を配っている人たちの方が、はるかに偉いではないか。

人間骨抜き計画

二十数年前、いやあるいはもっと前、地球のどこかのとある密室で、各国の政治家がこっそりと集結した。そのなかには軍事企業のトップもまじっていた。A国の政治家が「第二次世界大戦によって、民衆はもう戦争なんかこりごりだという思いを強くしてしまったようだ」と言った。「いやそんな心配はご無用。時がたち世代がかわれば、こちとらのスローガンの連呼で戦争をやりたがる馬鹿《ばか》があらわれてくる。民衆なんて、ちょろいもんですよ」。するとそのB国の大臣の楽観論を軍事企業のトップが打ち消した。「あんさん、そないに簡単に考えてもろたらどもならん。時は、待つもんやのうて作るもんでっせ」。そして自分がねりあげた計画の草案を各国首脳に配った。ケンケンゴウゴウたる意見のやりとりののち、一九八〇年代を標的にした遠大かつ巧妙な作戦がまとまった。題して「人間骨抜き計画」。それは、その国々の環境や国民性を十分に計算されたうえで作成されたものだったから、それぞれ異《こと》なった作戦が網羅《もうら》されてある。しかし目的はひとつ。次代をになう子供たちを決して精神的に高度なおとなに成長させないことである。賢《かしこ》くなってもらっては困る。自分たちの意のままに動かすことが出来なくなってしまうからだ。まず贅沢《ぜいたく》と享楽を与える。じつに低級このうえない文化を作りだし、あらゆる媒体を利用し、その中にどっぷりとひたらせる。学歴偏重社会を作り、幼少時から苛酷な受験勉強に駈りたてる等々。思惑《おもわく》どおり、この人間骨抜き計画は、いま着々と実を結びつつある。

文化とは何か

先日、女性の精神科医として関西で活躍されている高山直子さんと対談した。現役の臨床医としての豊富な体験とその親分肌の人柄に裏打ちされた話題は、私にある感銘をもたらせた。ひとりの分裂病患者が、必死の治療のかいなく、ついにいかなる治療も及ばない領域に落ちていく際の、悲痛とも言える厳然たる一瞬。そしてそのときに、高山さんを襲《おそ》う医師としての言葉に尽くせぬ敗北感。人間の心が、いかに深くまた複雑微妙であるかを、再認識させられる対談であった。途中で、私はある質問をした。どうしたら、ますます増《ふ》えつつある心の病をなくすことが出来るでしょう、ときいたのである。高山さんは即座にこう答えた。「人々が、やさしくなればいいのです」。高山さんは、きっとさまざまな思考ののちに、この〝やさしさ〟という言葉にたどりついたのであろうし、またおそらく他のいかなる難解な言語よりも適切かつ正確だという結論に至ったのであろう。高山さんの言うやさしさが、以前よく使われた〝やさしさ志向〟のやさしさとはまったく次元の異なったものであることは論を俟《ま》たない。私は結核で入院したとき、文化とはいったい何だろうと考えたことがある。私は、文化とは、人間を愛することだと思った。それ以外の言葉は浮かばなかった。病に苦しみ、長い入院生活をおくったことのある人なら、多少は私の言う意味がおわかりになるかと思う。日本の医療機関にたずさわるお役人には、他者を愛する心を失った人が多い。文化国家とはやさしい人々によって成り立つ国であって、電機器具や武力の完備された国ではない。

小説のテープ化

月に一度くらいの割合で、あちこちの図書館から封書が送られてくる。貴殿の小説を目の不自由な方にも楽しんでもらいたいので、しかるべき人が朗読しテープに吹き込みたい。そこでテープ化の承諾をいただきたいというものである。

私はそれは大変に結構なことだと思っている。しかし、承諾の返事を出す際、いつも私の心に何かひっかかるものがある。どの図書館も、これはボランティアだから、申し訳ないが無料でご奉仕願いたいと記されている点にひっかかるのである。金が欲しいのではない。私の作品を読みたくても、目が不自由なためにそれが出来ないでいる方に、テープで聞いてもらうのは、作家としても嬉《うれ》しいことである。一銭も頂戴《ちようだい》しようとは思わない。問題は、そのボランティア作業を行う図書館やサークルの側の考え方にある。奉仕活動であるため、無料にしてくれと書かれた文章の奥に、さもそれが当然だという一種義務的なものを作者に押しつけているのを感じるからだ。ことわったら、なんだか私は不親切で思いやりのない人間になったみたいな気にさせられる。ボランティアだから、あなたも無料で協力するのが義務であると、本気で考えているのではないかという思いにひたる。しかし、私にそんな義務があるんだろうか。善行の上にあぐらをかいた甘えを感じるのである。その奉仕活動に協力しなければならぬ義務をもつのは政府であって、作家ではない。無料でテープ化させるのがあたりまえだと思ってもらっては困る。それで、私は先日、五百円払ってくれたら承諾すると書いて返事を出した。それっきり、なしのつぶてである。

旅館のサーヴィス

以前、九州を旅した際、私はホテルではなく旅館に泊まった。ホテルの、トイレとくっついた小さなバスタブでなく、ゆったりとした風呂《ふろ》につかりたかったからであり、旅情なるものは、西洋風ホテルよりも、やはり日本式旅館の方がより味わえるのではないかと考えたからである。そして旅を終えて帰宅し、もう二度と旅館には泊まらないぞと決意した。その理由の第一として、あの料理である。どの旅館に泊まっても同じものが出る。とりわけ腹だたしかったのは、小さな鉄鍋にエノキダケやら野菜やら肉やらをぶちこんで、固型燃料に火をつけ、あとは勝手に食えとばかりに係りの女性は部屋を出て行く。あの鉄鍋の中の料理はいったい何であろう。どの旅館でも必ず、何でもいい、食えるものをぶちこんでおけというふうにして鉄鍋と固型燃料のセットが出てくる。そしてそれがうまかったためしはない。あの固型燃料の火を見ていると、もうそれだけで何やら物哀《ものがな》しくなってきて、食べる気がしない。あれは客から金を取れる食い物ではない。二つめは朝食時間を制約されることである。こっちは旅をしているのだ。ゆっくり休みたいのである。ところがほとんどの旅館が、八時半か九時までに朝食をすませてもらいたいと言う。私は、十時ぐらいまで寝たいのをがまんして、八時前に起きざるを得ない。何のための旅なのかわからなくなってくる。それならば、ホテルに泊まり、好きなときにグリルに行き、好きな料理を註文し、好きなだけ朝寝坊する方が、はるかに心安まる。旅館がホテルに客を奪われていくのは当然だと思う。

異国人

外国を旅するのは確かに肉体的には疲れる行為である。十何時間も飛行機の機内にとじこめられるのは苦痛だし、着《つ》いたら着いたで時差ボケがある。言葉も通じず、風習の違いにとまどうこともある。けれども、心のどこかがほぐされていくのを私は感じる。それも、心のある重要な部分がのびやかに、やすらかになっていくのを感じるのである。それはなぜだろう。仕事から解放されるからだと言った人がいるが、私はどうもそれだけではないような気がする。

昨年の秋、小説の取材で西ヨーロッパから東ヨーロッパにかけて、全行程四千キロにも及ぶ旅をした。西ドイツ、オーストリア、ハンガリー、ユーゴスラヴィア、ブルガリア、ルーマニアの六ヵ国を二十日余りでまわったのだから、かなりの強行軍であった。しかも、西ドイツ、オーストリア以外はすべて社会主義国で、相当気をつかうことも多かった。朝の四時に起きなければならぬ日もあったし、十時間も列車に揺《ゆ》られる日もあった。だから、ホテルのベッドに横たわると、もう体がぐったりして口をきくのもいやなくらい疲れてしまったときがある。なのに、心のどこかが、ゆったりとしている。私はホテルの窓から外国の夜の街をながめながら、それはきっと自分がいま異国人になっているからだろうと考えた。これが商社マンで、ビジネスのために訪れているのなら別である。そうでない限り、人は異国人になることで何物かからときほぐされる。すると、日本にいるとき、自分をしばりつけていたものは何だろうと思いをめぐらせた。そのとき私の心に映ったものは、人間のひしめきあう、騒然たる廃墟《はいきょ》であった。

それは僕等だ

小林秀雄氏が亡くなられた。私は決して小林教の信者であったことはないが、氏の書かれた文章のほんの一行に（それはよせ集めれば無数の一行になる）、ある具体的感動と共感、ある不思議な叱咤と啓発を受けつづけてきたことを改めて感じる。

井上靖氏とお逢《あ》いした際、井上氏は小林秀雄氏について意味深い言葉を述べられた。

「小林さんは、自分の感じたことしか書きませんでした。あれほど、自分の感じたことしか書かなかった人はいないでしょう。それは凄《すご》いことですねェ」

小林秀雄氏が、真に自分の感じたことしか書かなかったかどうかは、本人以外誰にもわからぬことである。しかし私は、井上氏の言葉は的を射ていると思う。小林秀雄氏は、おそらく宗教とは無縁の人であったろう。けれどもある時期、それもかなり若いころ、生と死というものを、つきつめてつきつめて考えた時を持った人であろうと私は思っている。でなければ、「ランボオ」の終章の数行を、氏は断じてこのようには書けなかった筈《はず》である。
(彼は河原に身を横たへ、飲まうとしたが飲む術がなかつた。彼は、ランボオであるか。どうして、そんな妙な男ではない。それは僕等だ、僕等皆んなのぎりぎりの姿だ)

ランボオという人間の精神とその末路に思いをはせるとき、私は小林秀雄氏が本当にそのように感じ、感じたままをそのまま言葉にしたことを納得《なっとく》する。ランボオもあまたの天才たちも特別な人間ではない。人は死にひんしたとき、それが僕等《ぼくら》であることを知るに違いないのだから。

〝感応〟ということ

仏法用語に「感応」という言葉がある。読んで字のごとしで、感じ、応じるという意味であるが、単にそれだけでは片づかない底深さを秘めているようである。上司が部下を叱責する。どんなにそれが厳しいものであれ、上司に部下を思いやる愛情がひそんでいれば、表情や言葉に出なくとも、相手の心に感応していく。逆の場合もまた同じである。人の幸運に祝辞を述べても、心のどこかにねたみがあれば、相手はちゃんとそれをキャッチするのである。この感応力は、生き物すべてが持っている不思議な命の力であろう。

だが、すべての人が持っているといっても、それがとりわけ敏感な人もいれば鈍感な人もいる。あまり敏感過ぎると疲れるし、鈍感過ぎると人情の機微が解せない。この感応し合うという作用は、言葉や態度を必要としないところにある意味での神秘性を内在している。背を向けて坐り合っているだけなのに、相手がどうも自分に対していい感情を持っていないのを感じ、それが十中八九当たっている事実に思いをはせてみるがよい。こんな単純な例をあげるまでもなく、人はつねに無意識のうちに感応し合っている。どんな人間をもなめてはいけない。相手はちゃんとこっちの心を知っているのだから。政治家は民衆をなめてはいけない。どんなに巧妙な世論操作を駆使しようとも、あざむきとおすことは出来ないのだ。けれども、感応力の鈍感な人間が急速に増えてくると、とんでもない事態が発生するのである。いま現代は、小さな感応力に長じてはいるが、大きな感応力を失った人の多い時代のような気がする。校内暴力の問題もその一例であろう。

不思議な日本人

外国を旅して私は多くのものを学んだが、日本人という民族の本性に気づいたのは、中でも最も大きな収穫であったような気がする。

ヨーロッパ人には、日本人も中国人もベトナム人も区別がつかない。それは私たちに、アメリカ人もイギリス人もドイツ人も区別しにくいのと同じである。バルカン半島の片いなかで、私は何人もの村人に「お前はベトナム人か？」ときかれたものだ。

ホテルのロビーやレストランに、東洋系の顔をみつけると、あの人は日本人であろうかと考える必要などない。直観的に判ってしまう。まず身なりがいい。そのくせ、どことなく貧相でこそこそしている。体格が貧弱だからそう見えるのかと最初は思ったが、そのうちそうではないことに気づいた。ようするに、日本人は姑息《こそく》なまでに内弁慶なのである。徒党を組まなければ堂々とふるまえない習性を持っている。それは長い鎖国制度によって身についたものではなく、日本人なるものの本然的な民族性である。

しかし、いったん徒党を組めば、異常な狂暴性をむき出しにする。その狂暴性をどこに向けるか。弱者に向けるのである。権力に加担する。ここ数年の政治の動きを見ていると、あきらかにおかしい。またあの暗黒の時代に戻るのではないかと危ぶまれる。けれども日本人は怒らない。きっと日本人は、国が平和でなければ個人の安穏も保てないという、きわめて単純な論理すら気づいていないであろう。そしてやっとそれに気づいたときは、権力者によって徒党を組まされ、行進していることだろう。ああ、不思議な日本人。

しこみ

一度もお顔を合わしたことはないのだが、年に三、四通、心のこもったお便りをくださる女性がいる。文面には、いつも、体の丈夫でない私を気づかってくれる心情があふれていて、もう小説を書くな、ゆっくり休め休めと、まるで遠く離れて暮らしている母のような愛情でそういましめてくださるのである。

その方の、一番新しい手紙に何か深く考えさせられるものがあった。その方は、昭和十九年に学校の先生になり、以来四十年近く、教職につかれ、いまも小学校の現役の教師である。――若いときは、自分の力を信じてやったことが、子供にすぐ結果として出ないと、あせりを持ちました。しかし子供たちはひとりひとりがみな違った生命のリズムを持っています。機の熟し方もそれぞれ違います。酒やワイン作りのように、しこみをしっかりやってじっと時を待てば、やがて発酵し良い酒になります。その待ちが、若いときには出来なかったのです。そして、やたらに子供たちをいじくりまわし、本来、放っておいても出てくる芽を踏みつぶしてしまいました。いまは、子供を信じて、じっと待つことが出来るようになりました――。

私は、この方のクラスの子供たちはしあわせだなと思った。そう、私たちは待つことが苦手《にがて》である。そして何をしこむかということに気づくためには、また待たねばならぬのだ。いま、青少年の問題はきわめて深刻である。いちがいに教師の責任とばかりは言えぬだろう。受験教育に走り、人間教育を忘れた教育者たちの器の小ささでもあったが、それは同時に日本の政治でもあったのだ。〝人間〟に育てるためには、どんなしこみをするべきかそれすら判らなかった日本の近代思想の低劣さの問題でもある。

差出人不明

年に二通か三通、差出人の住所も名前も記載されていない手紙が届けられる。私はそういう手紙はいっさい封を切らぬことにしている。そんな手紙には共通点がふたつある。ひとつは、いやにぶあついということであり、もうひとつは字に力がないという点である。名を名乗らぬことで、内容のおよその見当はつくではないか。だから、私は封を切らず、そのまま捨ててしまう。

先日、ひとりの青年から電話がかかってきた。そして「俺《おれ》をなめるなよ」と言う。私が名前を聞いても答えない。お前に手紙を出してもう一年もたつのに返事がこない。こっちはちゃんと返信用の切手まで入れておいたのだ。えらそうにしやがって、と聞き取りにくい声で言うのである。私は読者から手紙を頂戴した際は、ほとんど返事を出す。けれども仕事に追われ、うっかり忘れてしまうこともある。しかし一年前に切手の同封された手紙を受け取った記憶はなかったので、相手に、ご自分の住所と名前をお書きになったかと聞いた。封筒には書かなかったが、手紙の最後にはちゃんと書いた。そう言い、青年はもう一度、俺をなめるなよとおどかして電話を切った。

前にも似た電話があり、妻がひどくおびえたので内緒にしておいた。二日後の夜、おそらく同じ人間であろうと思われる青年からまた電話があり、それには妻が出た。俺をなめるなよ。そう言って、あとは妻が何を聞いても無言のままだったそうだ。警察に相談しようかと妻は心配顔で私を見つめた。私は不愉快で、机の前に坐っても一日中仕事にならなかった。基本的な常識もわきまえずいつでもどんな場合でも、すべてを他人のせいにする若者が増《ふ》えている。

天分

以前テレビで、若い世界的男性バレリーナがゲストに出演し、インタビューを受けているのを見た。金髪の知的で精悍《せいかん》そうな青年であったが、どこの国の人だったのか忘れた。そのバレリーナは、最後にこう言った。「どんな人間にもそれぞれの天分というものが与えられていると思う。私は、その天分を伸ばしていこうと努力することが、生きるということだと思う」。一つの道を必死に歩んできた人でなければ口に出来ぬ言葉であり、境地であるだろう。字は読めなくても、おいしいラーメンを作れる人がいる。ほかには何にも出来ないが、履《は》きごこちのいい靴を作れる人がいる。そうした職人芸に限らずとも、その人その人の持ち味が必ずあるものである。男性バレリーナは、それを天分と表現したのであろう。その千差万別の持ち味を磨《みが》き伸ばしていこうとすることが生きるということだ、と彼は言うのである。本当にそのとおりだと思う。しかし人々の大半は、自分にどんな天分があるのかを知らぬまま年老いていく。たとえ気づいても、それを伸ばそうと血みどろの努力を持続していく人は少ない。きっと人間の美しさとは、容貌などではなく、己の天分を伸ばそうと執念を燃やしているときの心や姿の発露なのであろう。私は、断られても、断られても、一つの商品を売るために歩きつづけているセールスマンを尊敬する。毎日毎日、ハンドルを握っている運転手さんを尊敬する。目の痛みを押さえつつ、ゲラ刷りをチェックしている校正マンを尊敬する。それらの人々は、生半可な学者や小説家よりもはるかに立派な人生を生きている。

母の力

ことしから我が家に家族が〝一人〟増えた。ビーグル種の小犬を飼うようになったからだ。犬好きの私が買ってきた。元気で走りまわっていたが、一ヵ月もたたないうちに大病をわずらって死にかけた。獣医に診《み》てもらうと、白血球が激増し、何かのバイキンで内臓が冒《おか》されていることは間違いないとのことだった。抗生物質と解熱薬の注射で、いったん熱はおさまったから、やれやれと安心していたが、夜中になって高熱が出、息づかいがおかしくなってきた。寝ている妻を起こすのもかわいそうだったので、書斎につれてあがり、ひざの上に乗せ、毛布にくるんで寝ずの看病をした。それが二日間つづいた。獣医は四日目、もう大丈夫だといってくれた。私と小犬との間にはドラマチックな深いきずなが生まれたはずであった。ところが小犬は元気になると、私に献身的な看護を受けて一命をとりとめたことなどすっかり忘れたように、妻にばかりまとわりついていく。妻が外出の用意をしていると、もうそわそわしてキュンキュン鳴き始める。そして妻が家を出て行ってからが大騒動なのである。私は初めて、犬の遠吠えを聞いた。月夜の荒野で、狼が遠吠えをする声は映画で聞いたことはあるが、まさか家の中であれとまったく同じ、哀切さと野性の性《さが》とを感じさせる見事な遠吠えを耳にしようとは思いもよらなかった。遠吠えは十分も十五分もつづく。妻が帰ってくると、もう身も世もあらぬもだえ方をして喜びを示す。私が帰って来ても、お愛想程度にしっぽを振るだけなのに。私の妻は、その小犬にとって母なのに違いない。私は母という者にはかなわないなと思う。母というものは、不思議なはかり知れない力を持っているのだ。

確信

いま私は「新潮」に「優駿」という小説を連載している。競走馬の世界に材をとった小説で、そのため何人かの調教師や騎手と逢った。いろいろ興味深い裏話を聞いたが、ある騎手の、別れぎわにちらっと洩《も》らした言葉が心に残った。直線コースに入って、二頭の馬が並んで競《せ》り合ったとき、勝負を決定づけるのは馬の能力ではなく、騎手の気魄《きはく》だという。そのゴール前の戦いは、走っている馬ではなく、騎手と騎手との戦いだというのである。そこで私は「しかし気魄といっても、どちらも必死で勝とうとしているでしょう。だとしたら、その微妙な気魄の差はどこから生じるんでしょう」と質問した。その騎手はしばらく考えていたが、やがて「確信でしょうね」と答えた。「俺の馬が勝つ。絶対に負けないんだって確信を持ってる方が勝ちます」。そういうケースで勝ったときも負けたときも、あとになって考えてみると、自分の確信の強弱が勝敗をわけたことに気づくそうである。私は、それこそあらゆる戦いにおける要諦《ようてい》だなと思った。私は胸をわずらって結核病棟で何ヵ月かをすごした体験からも、その騎手の言葉がひとつの真理であることを知るのである。絶対に病気をなおしてみせる。必ずなおるんだと確信を持っていた人は、たとえ重症でも、医者がびっくりするぐらい早く退院していった。反対に、そういう思いの弱い人は、どんな薬を用いても病状が好転しないのだった。気魄。確信。それは不可能をも可能にする不思議な作用を人間にもたらすのであろう。話はそれるが、調教師や騎手ですら、自分が予想した馬券が当たるのは、年に、四、五回だそうですぞ、馬券狂いの諸君！

瞬間と永遠

ときおり、どうかしたひょうしに、学生時代のほんのちょっとしたエピソードや、その際自分が呟いた言葉などを思い出すことがある。それが小学生のころのことであっても、いつもほんの一年か二年前の出来事であるかのような気がするものだ。それは私に限らず誰しもが皆そうなのであろう。しばらくたって指折りかぞえてみて、「ああ、あれからもう二十年もたつのか」と驚《おどろ》いてしまう。私はいまじつに当たり前のことを書いている。けれどもこの当たり前のことは、私をしばしば厳粛《げんしゅく》な心持ちにひたらせる。なんと、私たちの人生は短いものかと考え込むのである。空恐ろしい程の無限の時空である宇宙の中で、私たちはたとえ百歳まで生きたとしても、その時間はまぎれもなく瞬間でしかないのだ。しかもその瞬間の人生の中において、生まれては消え、生まれては消える瞬間の心や行動に動かされているわけである。すると、瞬間はすなわち永遠だと思えてくる。私の大切な友人のひとりに、もう七年以上も癌と闘いつづけている徳本和子さんという女性がいる。彼女は、癌と闘いながら二冊の詩集を自費出版した。その中に次のような一篇の詩がある。（きみがもし死んでも　べつにかなしくはないのだと——　ただ　さびしいのだと——　だから生きつづけてほしいのだと——　真夏の息たえだえの日　それ以上の強烈な　生きることへの願望をかきたてる　伝言は　またとは　ありませんでした）。伝言という題のこの詩の前に釘づけになり、私は不思議な勇気にひたり、何度も繰り返し読んだ。それはこの短い詩によって、瞬間がすなわち永遠であることを、ぎりぎりの状況で確かに見すえた人だけが知る究極の死生観を教えられたからである。

人間の力

他の動物には出来なくて人間にだけ出来ることは何だろう、と考えてみた。すると即座に三つの事柄が頭に浮かんだ。ひとつは、物を創造するということ。もうひとつは信仰を持つこと。そしてさらにもうひとつは、自殺である。もっと他にもたくさんあるような気がするが、結局はこの三つに集約されてくると私は思う。

さて、創造力、信仰、自殺の三つは、まったく別々のものであるようだが、どうもひとつの箱の中に納められているのではないかというのが、今回小生のちょっとご託を述べてみたい点なのである。信仰という言葉は、思想あるいは哲学なる言葉に置きかえてもいいのだが、それを中心として、創造力（深いつながりを持つものとして蘇生力も含まれるであろう）と、自己を滅ぼしていく力とが、紙一重のところで両極に分かれて行くように思う。別の言い方をすれば、創造力も蘇生力も、自己破壊衝動も、人間は本来みんな内にかかえ持っていて、それが外から与えられた信仰なり思想によって、知らず知らずのうちに、ふたつのまったく相反するものを醸成してしまうということになる。この世には、不幸が渦巻いている。人間は弱い。虚無へ、虚無へと傾いて行く性《さが》を持っているものだ。信仰も思想も、もとは人間の幸福のために生み出されたものに違いなかろう。けれども、いま現代は、人間に活力をもたらす哲学が姿を消してしまった。「命の力には、外的偶然をやがて内的必然と観ずる能力が備はつてゐるものだ。この思想は宗教的である」。これは小林秀雄の「モオツァルト」の中の一節である。どんな不幸をも内的必然と観じ、それと闘わしめる哲学を、そろそろ人は求め始めるのではないだろうか。

動物の保育所

私の家は田圃《たんぼ》の中に建っている。田圃の向こうには細い川が流れ、橋がかかっている。その向こうに中学校がある。私の仕事を始める時刻は、中学生たちの下校時とほぼ同時で、私は机に坐ってしばらく帰って行く中学生たちを見ているのが常である。頬をぴったりと合わせ、ほとんど抱擁状態のまま、崩れた歩き方で通り過ぎる男子学生と女子学生がいる。いわゆる〝ガクラン〟と呼ばれる丈長い学生服に、だぶだぶのズボンをはき、頭髪のはえぎわを剃り込んで、よたって帰って行く一団もある。何をしようと自由だし、そういう年頃なのだと言ってしまえばそれまでだが、見ていてあまり気分のいいものではない。道徳観や倫理観で言うのではなく、そうした中学生の顔には妙に不潔なものが漂《ただよ》っているからである。私たちの中学生時代にも、そのような学生はいた。けれども彼らの顔には、もう少し純朴なもの、もう少しひたむきなものがあったような気がする。悪いことをやっても、どこか許せる部分があった。それはおそらく年齢に相応した稚気《ちき》を失っていなかったからであろう。だがいまの一部の中学生の顔には稚気がない。校内暴力、校内暴力と騒ぎながら、たまに教師が生徒に体罰を加えると、ＰＴＡのおばはんやおっさん、さらには自分の子供だけはまっとうだと思いこんでいる親たちが、その教師をつるしあげ、警察に訴えたりする。それで学生たちは、ますます恐いものなしになってしまう。教育には鞭《むち》と愛撫《あいぶ》が必要だ。人間は最初から人間なのではない。さまざまな教育を受けていくことで人間になっていく動物である。いまの中学や高校は、動物の保育所みたいになってきた。

自分を見る鏡

「人間は、自分の目に最も近いまつ毛が見えない」という意味の言葉がある。確かにそのとおりである。そんな人間どもが、自己自身を見つめるのは、実に困難なことであろう。自分がいま歓《よろこ》んでいるのか、哀《かな》しんでいるのかぐらいは覚知出来ても、真に自分という人間を成しているものの正体を、到底知ることなど出来ようはずがない。それなのに、人間は月に行こうと莫大《ばくだい》な費用と頭脳を費《つい》やし、軍備に国家予算の多くを使う。人間は三千年前から、精神の進歩を止めたままである。いや、おそらく精神という領域においては、紀元前よりもはるかに後退した。科学文明は、私たちから「思考する時間」を奪ったのである。

私の友人のイギリス人は、日本の古い文化を愛し、その研究に生涯を賭けようと、妻子とともに来日した。彼は許されるならば、日本に永住する覚悟だったのだ。けれどもわずか三ヵ月で、妻子をイギリスに帰してしまった。その理由を、彼は憤りをあらわにさせて私に語った。

「日本のテレビは、いったい何だ。まるで動く赤新聞ではないか。卑しい男女のスキャンダルを、さも大事件のように調査して、昼日中から放送している。夕刻は漫画だらけで、おまけに、これが子供たちのものかと首をかしげるような、きわどい、残酷なシーンが、次から次へと映し出される。そして夜も、セックス、セックス、セックス。それは夜中まで延々と続く。これで人間が馬鹿にならなかったら不思議じゃないか」。彼は思い余って、妻と子供たちを祖国に帰還させたのであった。彼はまるで、革命に立ちあがった青年のように拳を突き上げ、「テレビをこわせ」と怒鳴った。科学文明がいかに驕《おご》ろうとも、人間というもの、その人の究極の我《が》を映し出す鏡を作りあげることは断じて出来得ない。しかし、いまほどそれが必要とされる時代はないのだ。

戦いすんで

友人の調教師から電話があり、関西で行われるビッグ・レースに、自分が育ててきた馬が出走できるまでになったから、当日ぜひ観《み》にこないかと誘ってくれた。「勝つか負けるかは競馬のことだから判《わか》んないけど」。その調教師の声は弾んでいた。私はその馬に乗る騎手とも友だちだったので、妻と二人で競馬場へ行った。レースに出る馬が本馬場に入ってきたとき、社台ファームの吉田善哉氏は、私が応援している馬を双眼鏡で見つめ、「いい出来ですよ」と言った。ところが結果は惨敗だった。それにしても負け方がどうもおかしかった。私と妻は、調教師や騎手の控え室に隣接した馬房へ行った。友人の調教師と騎手が私をちらっと見て残念そうに微笑《ほほえ》んだ。しかし彼らの目はすぐに馬の前脚にそそがれた。「なんか、おかしいんだよ」と騎手は私に説明した。私がいくら馬の歩様に目を凝《こ》らしてもいったいどこがおかしいのか判らなかった。「左だな」と調教師がいうと、厩務員《きゅうむいん》さんが無言でうなずいた。すぐに獣医が呼ばれ、レントゲン検査をした。左前脚の種子骨がほんのわずかだが折れていた。「スタートしたとき、ちょっとよろめいたんだ。あのときかなあ」。騎手はうなだれてしまった。走れるようになるのに一年はかかるだろうとのことだった。馬は、まるで先生に叱られている小学生みたいによるべなくしょんぼりと応急処置を受けていた。別の馬を担当する優しそうな厩務員さんが、その馬を世話している厩務員さんに言った。「気を落とすなよな。けがをしない方が不思議なくらいなんだから」。私は自分の幼い息子たちを連れて来ればよかったと思った。うなだれた馬と人間を見て、息子たちは、それぞれに何かを学んだかも知れないから。

あと十円

かつてひどい貧乏生活を体験した人は、生活に余裕ができると、どうも三つのタイプに分かれていくようだ。一つは、もう二度とあんな目に遭《あ》いたくないから、決して所帯をひろげず貯金をするというタイプ。もう一つは、外面は成金趣味になって派手な装《よそお》いや景気のいい暮らしぶりを誇示するくせに、内面はやはり貧乏性がぬけず、意外なところでしばしば吝嗇《けち》臭さを露呈するタイプ。そして最後は、どうせあれだけ貧乏してきたんだから、失敗したらまた一から出直せばいいと割りきるタイプである。

母に言わせると、どうも私は最後のタイプの、それも割りきるなどという生やさしい質のものではなく、やけくそ、開き直り、ケツマクリの三拍子そろった人間であるらしい。母は「似た者夫婦や。お嫁さんも輪ァかけたパッパちゃんや」と笑っている。パッパ、パッパと使ってしまうからパッパちゃんというわけで、それは田辺聖子さんの小説に出てくる若いおめかけさんのニックネームなのだが、母は私の妻に同じ呼び名を冠してしまった。

実際、私は金銭に関しては、自分でも完全に三つ目のタイプだと思っている。金は右から左に流れていてくれたらいいと本気で考えているから、流れなくなったらどえらいことになるぞという不安がときおり脳裏をかすめたりする。しかしそこが、多少なりとも貧乏を経験した強みで、「まあ、なんとかならあな」と開き直ってしまう。ある博打《ばくち》のプロが、「一千万円持っていて、あと十円しか残っていないというところまで負けたとしても、あと十円ある限り、まだ勝負はついてはいない」と言ったことがある。私は同じことが人生にも言えるような気がするのである。

ノスタルジー

ノスタルジーという言葉は、おおむね郷愁と訳されているようだが、実際は、もっともっと奥深いさまざまなニュアンスを持った言葉であるらしい。外国文学の翻訳には、ときおり〝希代の名訳〟といった評価がなされるものもある。私は高校生のある時期、ドストエフスキーの「罪と罰」の、それぞれ別々の訳者三人によって翻訳された本を読み比べてみたことがあった。そしてその差異に驚いたものだ。例をあげるときりがないのでそれはやめるが、ひとつの熟語の訳し方でも、三人三様の場合が多く、「……だ」であったり、「……である」であったり、直接、訳とは関係のない部分にも、およそ何千箇所もの相違がある。しかし、この「……だ」で停めるか「……である」で停めるかは、文章において極めて重要である。私は自分が作品を書いているときでも、もうそれが単行本化されて世に出てしまったあとでも、一行の文章の結びを「……だ」にするか「……である」にするか「……であった」にするか、どうにも決断がつかないところが多い。文章の調子、文章の落ち着きなどが、そんな些細《ささい》な使い分けで、まったく違ってくるからである。日本語というものが、それだけ表現方式において複雑性を持っている証拠でもあるのだが、そこへたとえばノスタルジーという原文を置き、郷愁と訳されたり、思い出と訳されたりすると、はたして原作者の、その一語を書いた瞬間の心が微妙に異なって読み手に伝えられることになる。仕方がないといえば仕方がないのである。なぜなら、訳者もまた固有の感性を持つ人間なのだから。だが、文学の命は文章であって、私はそこから浮かびあがってくる味わいにノスタルジーをそこはかとなく含んでいるものを愛している人間である。

覚悟

日蓮が、門下の者にあてた手紙の中に、「日輪のごとき智者たれども、若死あらば生ける犬に劣る」という一節がある。また別の手紙では、「百二十まで持《たも》ちて名を腐《くた》して死せんよりは、生きて一日なりとも名をあげん事こそ大切なれ」とも書いている。一見矛盾するようであるが、私にはどちらも真実だと思える。死んではいけない。長生きをしなければ結局は負けだ。けれども、たとえどんなに長く生きても、いかに生きたかが重要でもある。これは、私が芥川賞を受けたあと結核で入院生活を余儀なくされたとき、病院のベッドに臥《ふ》しながら、あるいは、病院の中庭をとぼとぼ散歩しながら、自分に言い聞かせた言葉である。

生まれつき体が弱かったことと、二十五歳のとき、突然不安神経症という病気にとりつかれた私は、自然に死と隣り合わせのような心境で今日《こんにち》まで生きて来たのだと思う。だから、若死にをすれば、生きている犬にも劣るという日蓮の言葉は、残酷なまでに私を打ちすえると同時に、不思議なほどに叱咤してくれる。どんなことがあっても、この世での自分の仕事を成し終えるまでは、生き抜かねばならぬ。そう強く己を鞭打つのである。そんなとき、いつも思い浮かべる短い詩の一節がある。私の文学仲間であり、昭和五十一年に五十五歳で亡くなられた礒永秀雄さんの詩である。

「ただいま臨終！」
この厳しい覚悟に耐えられずして
どこににんげんの勝負があるか

私はこの詩を口ずさむたびに、いつでも死んでみせるという覚悟を持って、うんと長生きをするのだ、と烈しく決意するのである。

III

アラマサヒト氏からの電報

私が、「螢川」によって芥川賞の受賞の報を受けたのは、昭和五十三年の一月十七日である。芥川賞はもはやお祭り騒ぎであって、受賞した作品の書き出しの一行すら読んでいない社会部の記者たちや、テレビ局のレポーターの、思い出すといささかぞっとするようなインタビューが、当日の夜遅くまでつづき、友人たちから続々と送られてくる祝電などに目を通す余裕はまったくなかった。翌日、翌々日に届けられた祝電の数は三百通を越え、私は、電話で済《す》む場合は電話で、手紙でなければならない人には手紙で、そのすべての友人たちに礼を述べた。その作業だけで、一ヵ月近くを費《つい》やしてしまった。私は礼を述べる作業が終わるごとに、一枚一枚祝電の表に〇印をつけていったが、最後に、印のつけられない電報が一通ぽつんと机の上に残ってしまった。〈アクタガワシヨウノゴジユシヨウオメデトウゴザイマス　コンゴノゴカツヤクヲオイノリイタシマス　アラマサヒト〉

　どう記憶の根を掘り起こしてみても、アラマサヒトなる知友は思い浮かばなかった。電報には、発信地だけは示されているが、差出人の住所や電話番号は書かれていない。その電報の発信地は東京であった。しかし場所を東京に絞って再び頭をひねってみても、アラマサヒトという人物は思いつかなかった。私が知っているのは評論家の荒正人氏だけであるが、それはただその存在を知っているというだけで、一面識もない。戦後の一時代を画した剛直な評論家として、私は荒正人氏の「第二の青春」や「夏目漱石の文学」を読んだことがあり、とりわけ「第二の青春」に深い感慨を抱いたものである。しかし、その荒正人氏が、見も知らぬ、まだ海のものとも山のものとも知れぬ若造に、祝電を出すなどとは考えられなかった。きっと同姓同名の別人で、しかも一読者として、そのアラマサヒト氏は電報を打って下さったのだろう。私はそう考えて、そのままにしてしまった。

　けれども、日がたつにつれて、どうも気にかかって仕方がない。荒という姓はそんなに多くはないし、万一、「第二の青春」の著者からの電報だとすれば、ひとことの礼も述べずそのままにしている私はとんでもない非礼者ということになる。私は迷いぬいて、荒正人氏に手紙をしたためた。アラマサヒトなる人物から祝電を頂戴したが、それは荒先生であろうか、といった文面であった。私は切手まではったのにポストに入れることは出来なかった。もし電報の主が荒正人氏ではなかった場合、私はとても恥ずかしい思いにひたり、貴様ごとき青二才に、なぜこの俺が祝電など出さねばならぬのだと、氏に笑われそうな気がしたのである。

それから一年が過ぎたころ、私は新聞で荒正人氏の訃報に接した。しばらく気持ちが落ち着かず、机の底にしまってある一通の電報の文面を何度も目でなぞり、再び「第二の青春」を読み、「火——原子核エネルギー」を読んだ。そして切手をはったまま、机のひきだしにしまってあった手紙を破って捨てた。また一年が過ぎ、ある日、急に思いたって、筑摩書房の元編集部長である原田奈翁雄氏に電話をかけた。原田氏は私の話を聞き終えると、「それは荒さんに間違いありませんよ」と言った。なぜそう断定出来るのかと私はきいた。すると原田氏は、「螢川」が芥川賞を受賞したことを、荒さんがとても喜んでいたからだと答えた。なぜ喜んでくれたのでしょうかと私はきいた。原田氏は「それは私にはわかりませんがねェ……」となにやら物思いにひたっている様子でつぶやいた。それからもう一度、「荒さんに間違いありません。そんなことは滅多になさる方じゃありませんが、荒さんだと私は断定出来ます」。そう強い口調で言った。電話を切ってから、私は、これはえらいことになったと思った。早速、礼状をしたためなければならぬ。そして、祝電をいただいてから二年以上も、ほったらかしにしておいた当方の非礼をおわびしなければならぬ。私は便せんに拝啓と書き、そこであっと空をにらんだ。荒正人氏はもうこの世にいないのであった。悔やんでも悔やみきれなかった。私はいつまでも、アラマサヒト氏からの電報を見つめつづけた。

六月九日は、氏の祥月命日である。姿は消したが、この宇宙に溶け込んで存在しているであろう荒正人氏の生命に、この紙面を借りて、己の非礼を深くわびたいと思う。私はこのような一文を書くにあたって三たび「第二の青春」を読んだ。その最後の一節――〈この陳腐にして燦然とした、凡俗に似て英雄的な、醜悪にみち、しかも、かぎりなく華麗な、幸福への道に旅立つわたしたち三十代よ、「第二の青春」に捧げる犠牲《いけにえ》を決して惜しむことなかれ〉は、時代を超えて、今日の我々にそのまま継承される叫びであることは明白である。そして、犠牲《いけにえ》という言葉を、氏がいかなる思いを込めて書いたかを、私は私なりに理解出来るような気がしたのであった。

成長しつづけた作家

井上靖氏とお逢《あ》いした際、談たまたま中野重治氏の詩に話題が及んだ。私は、中野重治氏の詩が好きだったので井上氏の言葉に耳を傾けた。氏はこう言われた。

「中野重治の詩は、あれはみんな演歌ですね。中野重治の詩の凄《すご》さは、そこにありますね」

私はなにか虚を衝《つ》かれたような気がした。そんなふうに、中野重治氏の詩を読んだことはなかったからである。そして中野重治氏の詩を読み返して、私は確かにそれが演歌であることを認めた。いったい演歌とは何か。軽く流行歌だと答えてしまう人は、人生を知らぬ人である。そして決して詩人とは成り得ぬ人であり、ひいては小説の核に生涯近づけぬ人である。

山本周五郎の小説も演歌であったと、私は最近考えるようになった。何度読み返してもぞくぞくさせられる「虚空遍歴」の書き出しの数行は、たしかに演歌であって、井上氏の言葉を借りれば、山本周五郎の小説の凄さのひとつが、そこにあると私は思う。

（あたしがあの方の端唄《はうた》をはじめて聞いたのは十六の秋であった。逢《あ》いにゆくときゃ足袋はいて、――で終るあの「雪の夜道」である。文句とふしまわしが、毛筋ほどの隙もなくぴったり合ったあの唄を聞いたとき、あたしの軀の中をなにかが吹きぬけ、全身が透明になるような、ふしぎな感動に浸された）

この「虚空遍歴」だけでなく、「樅《もみ》ノ木は残った」にしても「五瓣の椿」にしても「おさん」や「深川安楽亭」や「ちいさこべ」にしても、山本周五郎の小説を形成する幾つかの血管の一本には、演歌が流れている。けれども演歌といえどもピンからキリまである。山本周五郎の演歌は、氏の年齢とともに、上質に、清らかに、高潔に、磨き込まれていく。

作家の多くは、作品を生み出すごとに痩《や》せ細っていくものだ。肉体が痩せ細っていくのではなく、作品そのものが痩せ細っていくのである。山の木を切り倒していくようなもので、一本しか生えていない山の持ち主もいれば、百本の木を持つ山主もいる。しかし一本は一本であり、百本は百本でしかない。すべてを切り倒してしまったあとは、どうしようもない裸山になってしまう。丸裸の山から、うんうんうなって何とか木を切り倒そうと血まなこになっている作家のなんと多い昨今だろう。そんな作家は、もはや何も生えていない山に登って、落ちている小枝をかき集め、それで細工物をこしらえるしかないのだ。彼等は木を切り倒すことしか出来ないからである。だが、稀《まれ》に、別の何かを創りだすために木を切り倒す作家が出現する。山本周五郎は、その稀な作家のひとりであった。その証拠に、氏は書くごとに成長した。文章も、主題も、眼力も、さらには氏の演歌の質までも成長した。それはおそるべき執念と練磨を氏に課したことだろう。「木」は才能である。その木で別の何かを創りだすものこそ、修練であり執念であるのだ。天与の才を持つ人が営々と努力していくとき、木は崩《くず》れざる建造物と化すと言える。その建造物だけが、歴史に耐《た》えていくのである。その時代、その時代で、世を風靡《ふうび》した作家がいる。いかに文学史の中に名をとどめようと、いかに一時期隆盛を極《きわ》めようと、名だけ残して作品は残らずという作家の方が多い。だが、死後、幾十年、幾百年とその作品が民衆に愛されつづけた作家は日本に何人いるだろう。おそらく山本周五郎は、そのような作品を遺《のこ》した作家である。なぜか。氏の小説もまた演歌であったからだと私は思う。そういう私の勝手な解釈で読めば、スタンダールの「赤と黒」も、トルストイの「アンナ・カレーニナ」も、ドストエフスキーの「貧しき人々」も、みな演歌であったような気がしてくる。

いったい私たちはどうして小説など読むのであろうか。いったいそこに何を求めているのであろうか。千差万別であるのは論を俟《ま》たぬが、そこには、ある無意識な希求が潜んでいるに違いない。それは忘我である。感動である。陶酔である。知的探究心とか、観念への埋没とかの欲求は、芸術の発生においては二次的なものであった。その一次的なものと二次的なものとがすりかわったのが現代という歴史の持つ毒である。ひとつの豊かな啓示に満ちたコントを解体し、始めと終りをさかさまにし、ねじり、折り曲げ、そこに理論という接着剤を混合して、作り手は新規な創造を試み、オリジナリティを捏造《ねつぞう》しようとした。現代という歴史の毒は、送り手をも受け手をも、その捏造されたオリジナリティの罠《わな》の中に容易に吸い込んでしまう魔力を持っていたのである。それはたとえば、桜の花弁をすべてつみ取り、代わりにバラの花を人工的に付着し、観賞するようなものである。桜の巨木に見事なバラが咲いている。作った者も、その前にたたずむ者も、その奇怪な化け物に陶酔した。そんな時代がもう随分長くつづいている。だが騙《だま》されてはならぬ。それは桜でもなくバラでもない。この世に存在しない化《ば》け物なのだ。

人生も同じであろう。山本周五郎は、屈指の物語作家であったが、桜の木にバラの花を咲かせたりはしなかった。彼は嘘はついたが、人生の実相からはみだしたりはしなかった。ゆえに、山本周五郎の作品は、すべて大衆小説の範疇《はんちゅう》に投げ入れられたのである。浪花節《なにわぶし》だと言われ、通俗小説と言われた。だが人間の営《いとな》みに、通俗的でないものがひとつでもあるだろうか。山本周五郎の小説を通俗小説とか浪花節だと評する人は、きっと桜の木にバラが咲いているのを見て喜ぶ人に違いない。現代の異常な観念に毒されて、しかもそれに気づいていない人に違いない。けれどもそれらの人々は「アンナ・カレーニナ」を、「赤と黒」を、したり顔で得々と論じる。しかし、どう高邁《こうまい》に論理立てようとも、「アンナ・カレーニナ」も「赤と黒」も通俗小説なのである。だからこそ、いまもなお人々に読みつがれているのだ。

私は氏の「青べか物語」を読むたびに、そのつどそのつど新しい啓示を受ける。確かに自分は前にこの一行を読んだ筈なのに、なぜそこに含まれているものを見落してしまったのだろうと思う箇所が幾《いく》つもある。他の幾十篇もの短篇小説を読み返しても、同じである。そしてきまって純文学と大衆文学の区別が、何を尺度になされるのかと考えてしまう。それは山本周五郎の作品を読むたびに私の脳裏をかすめていくのである。木村久邇典氏は「素顔の山本周五郎」の中でこう書いている。

（山本さんは実人生を生きるのに、きわめて律義だったたし、小心ですらあった。その実直さは、作品のうえにもよく反映されていて、たとえば、何気なく登場する行きずりのゴマの蠅《はえ》までが、末尾まで読んでゆけば、再び姿を現わして何らかの意味をになわされている、といった細心さなのである。こうした緻密《ちみつ》な伏線のめぐらし方を、作者は読者へのサービスだと考えこんでいたらしいフシもあった。

「大衆小説――とくに大衆家庭小説ってやつは、フィナーレでかならず登場人物一同が集まって、記念撮影してメデタシメデタシとなる。脳味噌《のうみそ》がよっぽど足りないとみえるな」

山本さんは、よくそう云って笑わせた。しかし、自己の作品の場合、どんな端役《はやく》でも無責任に登場させたりはしないぞ、という慎重さを自負していたのでもあった。山本さんの作品に指摘される〝大衆文学臭〟は、却《かえ》ってそんな律義さにあったかもしれないし、永年の作品発表の舞台であった大衆娯楽雑誌という土壌が、山本さんの律義さやサービス精神を、知らず知らずのうちに、作者自身も気付かないほど根深いものにしていたのかもしれないのである)

確かにこの木村氏の解釈は間違っていないだろう。そして私はそこで別のことを考える。少女雑誌や講談物から出発した山本周五郎が、やがて日本の大衆小説界の巨木となっていった道程を、である。それは辛《つら》い道であったに違いない。多くの屈辱《くつじょく》、さまざまな懊悩《おうのう》、果てしない夢と、それをはばむ現実との葛藤《かっとう》。それらを乗り越え、書くたびに痩せ細っていく作家たちを尻目に、氏は成長していったのである。「青べか物語」に引用されているストリンドベリィの感想集「青巻」章句の一つの言葉——苦しみつつ、なおはたらけ、安住を求めるな、この世は巡礼である——は氏の人生を支える箴言《しんげん》であった。この言葉は宗教的である。それは次第に氏の中でふくらみ「虚空遍歴」という題号に至った。作中、氏はこんな言葉を主人公に語らせている。

（死ぬことはこの世から消えてなくなることではなく、その人間が生きていた、という事実を証明するものなのだ、死は人間の一生にしめ括《くく》りをつけ、その生涯を完成させるものだ、消滅ではなく完成だ）

虚空遍歴……。生半可《なまはんか》な思索などで到達する境地ではない。人生の実相の、その底深い一点を垣間《かいま》見た人でなければ、生命の虚空を遍歴するさまを夢寐《むび》にも思い浮かべたりはしない。桜の木にバラを咲かせようとする人たちには、断じて理解出来ない言葉である。山本周五郎の作品に登場する人々は、誰もが、桜は桜として、菜の花は菜の花として、雑草は雑草として、懸命にけなげに咲いている。貧しい人々に対する同苦の心。悪や権力に向ける怒り。どんな小品にも、氏の人間への愛情が満ちあふれている。

現代文学はふたつの進路にわかれようとしている。桜の木にバラを咲かせつづけるか、桜は桜、バラはバラと咲かせるかの、いずれかの道にである。百年後も、山本周五郎の作品が読みつがれることを確信している私は、やがて〝化け物〟の敗れ去っていく時代の到来をも確信している。なぜなら、山本周五郎の遺《のこ》した多くの作品を読むたびに、私は人間というものを信じられるような気がするからである。精巧な理論は、いつもついに素朴な現実に屈伏する。

坂上楠生さんの新しさ

「最もナショナルなものこそ、最もインターナショナルたりうる」という言葉がある。文化、とりわけ芸術の領域において、これは極《きわ》めて深い意味を持つ言葉であろうかと思われる。その国土が、必然的に醸《かも》し出している香りや色彩や形態や精神が、ある明確な具体世界を作りあげると、それは必ず異《こと》なった風土の、多種多様な精神に自《おの》ずからつながって行くことを、私たちは気づかされる筈《はず》だ。音楽においても、絵画においても、文学においても、それは同じである。戦後生まれの坂上さんが描く屏風絵を観《み》て、人はあるいは難じて呟《つぶや》くかもしれぬ。「どうして、今どきこんな古風なものを……」と。しからば、いったい新しさとは何であろう。歴史に耐《た》えてきた古典を古くさいと評する人は、その人が取りあげようとしている「新しさ」を選び出す段になって、己《おの》れが時代に踊る一知半解の小才子であることを心のどこかで思い知りつつ、壁に突き当たって仕方なく贋物《にせもの》を本物に仕立てあげる愚を犯してしまう。そんな例は、枚挙にいとまがない。現代は、贋物が本物を追い払っている時代である。新しさというものに対する誤った概念が、あらゆる芸術を停滞させ衰弱させてしまっていると私は思う。「新しさ」などない。いいか、悪いかしかないのだ。

小林秀雄氏は、「無常といふ事」の中でこう書いている。――解釈を拒絶して動じないものだけが美しい、これが宣長《のりなが》の抱いた一番強い思想だ。解釈だらけの現代には一番秘められた思想だ――。まことに至言である。有無を言わさず、人を魅きつけるものこそ、美しいのである。そして、それこそがいつも「新しい」のである。坂上楠生さんが、若年にして、日本画の中でも最も古典的な手法を使い、ある場合は絢爛《けんらん》に、ある場合は幽玄に、「月下秋風図」や「桜春図」や「日月春秋図」を描くとき、そこには日本古来の手法の底に、坂上さんの情念が妖《あや》しく沈んでいる。その余人の読み取れぬ彼の情念が、有無《うむ》を言わさず人々を酔わせたとき、坂上楠生の絵は本当の「新しさ」がどんなものであるかを、我々の前に明示してくれるだろう。

「川」三部作を終えて

筑摩書房から「道頓堀川《どうとんぼりがわ》」が出版されて、これで「泥の河」「螢川」とつづいてきた川の三部作を終えることが出来た。発表されたのは「泥の河」が先だったが、実際には「螢川」の方を最初に書いた。二十八歳のときで、いまから約六年前である。何度も何度も書き直し、結局気に入らなくて机の底にしまい込んだまま「泥の河」にとりかかったのだった。

「泥の河」は太宰治賞を受け、その受賞第一作として「螢川」に手を入れて発表したが、それが思いがけず芥川賞を受賞したのである。すると今度は芥川賞受賞第一作を、ということになってしまった。そのときになって、私は自分の短い歴史の中にあって「川」が絶えず大きな背景として流れていたことに気づかされた。

大阪の西端、堂島川《どうじまがわ》と土佐堀川《とさぼりがわ》が合流する安治川《あじがわ》河口で過ごした幼年期、北陸富山市のいたち川のほとりで暮らした少年期。どちらも遠い郷愁として忘れることの出来ない風景であった。私はその風景をまな板にして、その上にまったくのフィクションを創《つく》りあげたのであったが、二作を読んだ人の多くは、それを私小説として批評したのである。私は大学生の一時期、再び川のほとりに舞い戻った。わずか一年程の期間であったが、道頓堀界隈を飲んだくれてほっつき歩く生活を持った。その時代の体験は、やはり大きく深い落款《らっかん》を私の心に捺している。

「川」をまな板とした小説を二作書いて、私はそこで初めて川三部作を書きたいと思った。そして「道頓堀川」を文芸展望に発表した。しかしそれはにわか造りの未成品だった。私自身、発表された小説を読み返して、はっきりとそう感じた。それでなんとか書き直したいと思いながら日がたっていき、筑摩書房の倒産という事件が起こってしまったのである。

「道頓堀川」は宙に浮いた格好になってしまい、世の中、やっぱりそないにうまいことは行かへんなァ……と心に言い聞かせているうちに、こんどは自分の体の変調を感じ始めたのである。夕方になると悪寒がし、いやな咳が出るようになった。私は悪い予感がして、病院に行くのを一日延ばしに延ばしていたが、年が明けてすぐに、鏡に映った自分の顔を眺め、確実に何かの病気にかかっていることを知った。医者は私の胸のレントゲン写真を見て、即刻入院を命じた。肺結核で、かなり進んでいるということだった。そして一年は入院してもらわなくてはならぬだろうとつけ足した。

入院中、私はまったく何もせず、病室の窓から空と雲と道行く人ばかりを見て暮らした。本も読まず、テレビも滅多《めった》に見ず、ひたすら静かな、焦燥と物憂《ものう》さとある種の安息に包まれた日々を送りつづけたのだった。「道頓堀川」のことなどもう念頭にはなかった。

ところが入院して三ヵ月がたった頃、私の書いた「幻の光」という短篇が、ある文学賞の候補作になった由が伝えられた。もちろん受賞はしなかったのだが、ひとりの選者の方が、選評の最後の部分で、宮本はこれからの人であって春秋に富んでいると書いてくれた。私はその部分を、病院のベッドの上で繰り返し繰り返し読んだ。そうか、俺はこれからの人間で、しかも春秋に富んでいるのか、と幾度となく自らに言い聞かせた。そのときの私にとって、これほどありがたい言葉はなかった。すると、早く病気を直して、あれも書きたい、これも書きたいと考えるようになった。だが、あれもこれも書く前に、なによりも「道頓堀川」を書き直して、川三部作を完成させねばならぬと気づいたのである。書きたいものはたくさんあるが、まずどうしても「道頓堀川」を手離さなければならない。私はじっとしていられなくなって、一所懸命治療に専念した。

さいわい、一年の予定が五ヵ月で退院出来、私は家に帰ったが、当分は無理をしてはいけないという医者の言葉を守って、それから約半年近く仕事をしなかった。そしてやっと体にも自信がつき、いよいよ書く段になって、はたと当惑してしまった。すでにひとつの作品として出来あがった小説を、あらためて書き直すことの難《むずか》しさが、私の前に想像以上に大きく立ちはだかったのである。仕事は遅々として進まず、私は自分の創った小説をばらしたり、組み立て直したり、削ったり、つけ足したり、最後にはとうとう放り出して別の小説を書き始める始末だった。

百五十枚の小説を三百四十枚にふくらませるのに、私は仕事に復帰してから結局二年もの期間を費やしてしまったのである。川三部作は全部合わせると約五百八十枚にしか過ぎないのに、二十八歳で書き始めて六年もかかってしまったわけである。主人公も設定も異なる、ただ川のほとりに住む人々を書いたに過ぎない三つの小説を、はたして川三部作と呼べるのかどうか判らないが、とにかく書き終えて、ずっと身にまとっていた冬服を脱《ぬ》いで衣がえしたときみたいなさっぱりした気分になったのだが、反面、さあ、いよいよ暑くなるぞという身構える思いも心のどこかに持っている。

芥川賞と私

小説家になりたい、そして小説家としての市民権を得たい。その狂おしいほどの思いの底に、人々に勇気を与え、歓《よろこ》びを与え、感動を与えたいという、これもまた一種狂的な野心をしのばせて、私は昭和五十年、二十八歳の夏に会社を辞《や》めた。お世話になった上司や同僚に挨拶《あいさつ》をして、会社の玄関を出、桜橋の交差点までとぼとぼ歩いていた自分を、そのとき心に映った風景を、私は忘れることはないであろう。真夏の巷《ちまた》は、人も車もかげろうで揺《ゆ》れ、確か耳をふさぎたくなるくらいの喧噪に満ちあふれていた筈《はず》なのに、私の心に刻まれた風景は、暗く荒涼として静まりかえっている。〝世間で通用する作家〟へのスタート台は、果てしなく遠くにあったのである。それがどんなに遠い道か、私は会社から一歩足を踏みだした瞬間、愕然《がくぜん》と思い知った。もう泣いてもわめいてもあともどり出来ないという事実を、会社の玄関を出るまで、そう深刻に受けとめていなかったからであった。私には、やくざな一面がある。本性は臆病なくせに、血刀《ちがたな》をかまえて待ちうけている敵の中へ突貫していこうとする心がある。それは腹のすわった俠客の覚悟ではなく、無鉄砲なちんぴらの怯《おび》えである。

俺は必ず芥川賞を取ってみせる。取らねばならぬ。そう自分に何度も何度も言い聞かせて日々が過ぎた。作品をひとつ仕上げるたびに、めざす地点はさらに遠ざかって行くように思われた。ふたりめの子供が生まれて何ヵ月かのち、お嬢さん育ちで貧乏など味わったことのない妻の横顔やうしろ姿に、あきらかな世帯やつれの風情《ふぜい》を見いだしたとき、私は昼日中から酒を飲み、三畳の間にとじこもって何時間もうなだれていた。もうやめようと思った。あるかなきか自分では知る術《すべ》のない天分に賭《か》けて、人生を無茶苦茶にしてしまうのは勝手だが、妻や子をまきぞえにするわけにはいかないと考えた。

芥川賞発表の季節がくると、その受賞作の活字を嫉妬と焦燥に乱れた目で追った。芥川賞だけがすべてであった。芥川賞を受賞しなくても、すぐれた作家となった人は多い。けれども、芥川賞の持つ魔力は、文学を志す人間にはあらがいがたい何物かをもたらしている。近年、幾《いく》つかの否定的意見が芥川賞というものに対して述べられているが、やはり日本の近代文学における巨大な登竜門となってきた、そして今後もなっていくことは間違いないであろう。

私の「螢川」が第七十八回芥川賞を受賞したのは、多分にその一、二回前の受賞作の作風に負うところがあったような気がする。だから、「泥の河」で太宰賞を、たてつづけに「螢川」で芥川賞を受賞したとき、友人の祝ってくれた言葉や、マスコミのインタビューに「運が良かったんです」と答えたのは、決して謙遜《けんそん》ではない。事実、私はそう思ったのであった。そして、私はこれで一生食っていけると思いこんだのも事実だった。

だが、世間が私に視線を向けていたのはわずか半年だけであった。次の受賞者が登場し、私は肺結核で倒れ、そのうえ「螢川」の版元である筑摩書房は倒産した。そのときになって、やっと私は、芥川賞を受賞したということが、高校野球で言えば、予選を勝ち抜いて甲子園の土を踏んだ段階に、すぎないのを知った。本当の戦いは、そこから始まるのである。それは、芥川賞を掌中にすることよりも数段苦しい孤独な道なのであった。

私の友人がある文芸誌の新人賞を受けた。その際、ある人が「おめでとう、よかったね」と言ったあと、こうつけ足した。「これまでは努力だった。これからは実力だ」。深い言葉であったと思う。普通なら、「これからが努力だよ」と言うところであろう。私には、いまその意味が痛いほどわかる。登竜門をくぐるのは、必死の努力によって可能だが、そこから一段また一段とのぼっていくためには、もはや努力だけでは足りないのだ。その人は実力と言ったが、それはすなわち、いかんともしがたい才能の力をさしていたのである。まさしく、正宗白鳥の言葉どおり、「文筆生活五十年わが痛感した事は努力の効乏しくて偏に天分次第である」ということなのだ。

ゆえに、芥川賞受賞の前後と、それから五年が過ぎた私の原稿用紙にむかう心は変わった。あらゆる芸術において、毛一筋の優劣は、天地の差となって作品にあらわれる。私は、あだおろそかに、文章を書いたり出来なくなった。私は、私を信じなければ、ただの一行も書けないことを知ったのである。

芥川賞のおかげで、私は小説家として生活が出来るようになった。それを私はたとえようもなく幸福に思う。同時に芥川賞は、受賞前の数倍、数十倍の努力と戦いと不安を、私につきつけた。私は自分の中の天分の存在に疑いが生じたとき、いつも一通の電報の文面を読み返す。芥川賞の受賞がきまった夜、一番最初に我が家に届けられた、筑摩書房の元編集部長原田奈翁雄氏からの電報である。——ココロヒキシメ　シヨシンワスルベカラズソロ　ニンゲンヲミルメイヨイヨフカクツメタク　ソシテアタタカカランコトヲ——。

命の力

二十五歳のとき（いまから約十年前）、突然奇妙な病気にかかった。電車の中で、強い眩暈《めまい》と動悸《どうき》と不安感に襲《おそ》われたのである。何の前ぶれもなく襲ってきて、それ以来毎日、その発作に苦しめられるようになった。その発作がやって来ると、全身は鳥肌だち、冷や汗が流れ、息が苦しくなり、いまにも死んでしまうような恐怖に包まれてしまう。当時、広告代理店に勤務してコピーライターという職種についていた私は、てっきり心臓が悪いのだと思って専門医に診《み》てもらった。だが、心臓も他の内臓も、ましてや頭の中も、何の異常もないと言われた。医者の診断は「ノイローゼ」であった。どの病院に行っても、医者の言葉は同じだった。症状は日に日に強くなっていった。やがて私は休職せざるを得なくなった。

小林秀雄氏は、ある評論の中で次のように書いている。「命の力には、外的偶然をやがて内的必然と観ずる能力が備はつてゐるものだ。この思想は宗教的である」と。

私はこの小林氏の言葉を、いま信じることが出来る。肉体の力でもなく、精神の力でもない。まさしく命の力なのであって、それは「感じる」のではなく「観じる」のである。

休職中、私は昔読みあさった文学書を、もう一度読み返した。別に何のたくらみがあったわけでもない。ただ時間があって、しかも常時、死の恐怖と発狂の恐怖におびやかされていたからである。私のかかった「不安神経症」という病気の二大特徴である死の恐怖と発狂の恐怖は、この病を経験したことのない人には断じて理解出来ぬ程に激烈なものである。私は絶えず死を考え、ために強く生を考えるようになったと言ってもよい。そんな私の前に、考えてもみなかった「文学」という底深いものが置かれたのだった。

私が文学にふれたのは中学二年生のときである。井上靖氏の「あすなろ物語」を読んで、ああ、小説とはこのように素晴らしいものかと思い、それ以来、手当たりしだいに本を読みふけった。プーシキン、ツルゲーネフ、フローベル、スタンダール、トルストイ、ドストエフスキー、ゴーゴリー、バルザック……。受験勉強もそっちのけで、私は、言葉と心とによって織りあげられた物語にのめり込んでいった時期を持つのであるが、社会人となり、日々の仕事に忙殺され始めると、いつしか文庫本一冊すら手にしなくなった。文学に、夢中で心魅《ひ》かれた時代を、かつて自分が持っていたということすら忘れてしまっていたのである。

何ヵ月かの休職ののち、病気は少し良くなって、私は再び会社に戻ったが、心の中はいつも、もやもやしていた。小説を書きたいという衝動が、火の消えきっていない藁《わら》のように、胸の中でかたまっていたのだった。復職すると、たちまち病気が再発した。いつ襲ってくるか知れない発作に怯《おび》えながら、私はキャッチフレーズを考え、スポンサーとやり合い、上司とケンカしながら、再び疲労のるつぼの中にひたっていった。

ある雨の日、私はスポンサーとの打ち合わせを終えると表に出た。傘を持っていなかったので、地下街に降りた。雨やどりのために、一軒の本屋に入り、文芸雑誌を手に取った。そして一篇の短篇小説を立ち読みした。短い小説なのに、最後まで読み切れなかった。おもしろくなかったからである。突然、真実突然に、私は小説家になるぞと決心した。俺なら、もっとおもしろい小説を書いてみせる。そう思ったのである。こんな病気にかかって、俺はもう廃人とおんなじだ。サラリーマン生活をつづけていくことは不可能だ。ましてや一銭の資本もない俺には、焼きイモ屋すら営むことは出来ない。小説家になるしか、もう俺には生きる道がない。若気の至りと病気との成せる技である。私はあとさきも考えず辞表を書いた。どうして会社を辞《や》めるのかと同僚に訊《き》かれて、「小説家になるんだ」と答えたら、「宮本は気が狂った」と言われた。そのとおり。私はそのとき気が狂ったのである。妻も子もある男が、何の蓄《たくわ》えもないまま、小説家を志して会社を辞めたのである。気が狂ったとしか言いようがない。

それから数ヵ月後、私は書きあげた小説を、ある新人文学賞に応募した。しかし、その作品は二次予選で落ちてしまった。私はまた次の作品を書いた。しかしそれは一次予選も通過しなかった。書いても書いても、いい作品は出来なかった。悶々《もんもん》とした日々がつづき、ふたりめの子供が生まれた。分娩費と入院費を払ったら、五百円しか残らなかった。私は自分の苦労話を書いているのではない。突然私を見舞ったノイローゼという病気が、いったい私に何を与えたかを書いているのである。

私の前に、池上義一という初老の人物があらわれたのは昭和五十年の冬である。池上氏は「わが仲間」という同人雑誌を編集していて、人づてに私のことを聞いたらしく、ある日電話をもらった。あしたの日曜日、同人たちの集まりがあるから一度来てみないか、という誘いであった。私は気乗りがしなかったが、池上氏の温厚な口調に魅かれて、教えられた場所に出かけて行った。老人や中年の婦人たちや学生らしい若者が集まって、次の雑誌の編集の打ち合わせをしていた。池上氏が読みたいと言うので、私は自分の書いた作品を二篇、風呂敷包みにしまって持って行った。帰りの電車の中で「どうですか、仲間の雰囲気は」と池上氏に訊かれて、私はあいまいな返事をした。あまり好感が持てなかったからである。すると池上氏は「一緒にやっていけそうですか？」と言った。なぜか私は「はい」と答えていた。池上氏は電車に揺《ゆ》られながら、やさしく笑った。家に帰り着いて三時間程すると、さっき別れたばかりの池上氏から電話がかかり、もう私の作品を読んだとのことだった。「あなたは書ける人ですよ。才能がある。これだけは間違いがない。もしかしたら天才かもしれませんねエ」と熱っぽい口調で言われた。私は嬉しくなって、次の作品を必死で書くと、池上氏の家に持って行き、読んでもらった。池上氏は、こまごまと文章の欠点やら構成上の欠点を指摘して下さり、あなたは必ず世の中に出て行く人だ。焦らず書きつづけていきなさいと励ましてくれた。そして、生活のことを訊かれた。借金をして、かろうじて生きていると答えると、池上氏はしばらく考えていたが、自分の経営する会社に勤めてみてはどうかと勧めた。会社といっても、池上氏がひとりでやっているPR誌の制作販売会社で、社員はいないのである。池上氏ひとりで、充分にやっていける状態で、社員など必要ないのだった。それなのに、私を雇《やと》ってやろうと言う。私はありがたくて涙が出そうになるのをこらえていた。翌日から、私は池上氏のもとで働きながら小説を書いた。徹夜で小説を書いて、あくる日、ずる休みをしても、池上氏は何も言わず知らぬふりをしていてくれた。私は「舟の家」という短篇小説を書きあげ、池上氏に見せたが、批評は厳しかった。書き直してまた読んでもらったが、もっともっと手を加えなさいと言われた。「泥の河」と改題して、これはいい作品だと言われるまで、七回も書き直したのだった。その作品は、昭和五十二年に第十三回太宰治賞を受賞し、その受賞第一作の「螢川」で、翌年、第七十八回芥川賞を受賞したのである。

私はなぜ小説家になれたのか。そんなものに答えはない。だが、自分の背負ったノイローゼという病気を、わが内的必然と観じたとき、私は初めて肚《はら》が決まったのである。そこから、私の中にある命が湧《わ》いた。池上義一という人との出会いも外的偶然である。だが私はそれを、内的必然と観じる。そう観じさせるのも、命の力である。

病気にかかったこと、池上義一氏と出会ったこと、それらはすべて私の転機となったが、その転機の訪れ方は、小林秀雄氏の名言を借りれば、ほとんど宗教的でさえあった。

「泥の河」の風景

私の心の中には、絶《た》えずひとつの風景があった。大都会のはずれで合流する二本の大きな川と、陽を受けて黄土色に輝く川面のさざなみ、ポンポン船に曳《ひ》かれて行く木船の上に坐った犬や、船上に干された洗濯物、水上生活者たちの日灼けた微笑みなどであった。それらが一枚の絵のようになって、どうかしたはずみにいっせいに動きだすときがあったのである。前後もなければ、何の脈絡もない一瞬の風景を、私はどうしてもあるひとつの物語に創りあげてみたいと思うようになった。二十八歳のときである。「泥の河」という小説は、つまり私の中にひそんでいた不鮮明な映像をときほぐしていくことによって、つむぎ出されていった作品である。映像というものが根底に置かれていた小説だったと言ってもいいかもしれない。

「泥の河」は昭和五十二年に第十三回太宰治賞を受賞して、文字どおり、私の出世作となった。苦労して書いた作品だったし（苦労せずに書けた作品などひとつもないのだが）作家としての足がかりを作ってくれた大切な私の財産だったから、初めて小栗康平氏から映画化の話を持ち込まれたときは正直言って大変迷ってしまった。とっさに私の頭に閃《ひらめ》いたのは、昭和三十年という時代を表現することの困難さであった。しかし「泥の河」はその時代背景なくしては成立しない作品でもあったから、予算の少ない独立プロに、はたして撮影出来る力があるだろうかと思ったのである。しかし、「泥の河」を自分のデビュー作に選んだ小栗氏の熱意は強く、採算を度外視して資金を出そうという木村プロダクションの木村元保氏の篤実《とくじつ》な人柄《ひとがら》にも魅《ひ》かれて、私は映画化を承諾したのだった。

約一年後に映画は完成し、私は大阪の東宝支社の小さな試写室で、子役たちや、子役たちの家族と一緒に、出来あがった作品を観た。それがどのような映画であったかは、私があえてここで書く必要はないであろう。これから映画をご覧になる方が、それぞれにお感じになってくれればいいことである。ただひとつ、私が嬉しかったのは、「泥の河」が、映画を愛する職人たちの手によって、本当に丁寧《ていねい》に作りあげられたものであるということが、はっきり伝わって来た点にある。映画を愛する職人たち——こうした人たちが不遇をかこつようになってどれほどたつであろうか。映画を愛する職人たちが、大切に大切に作りあげた名作を、私たちはかつて場末の映画館の立見席で、せんべいなんかを嚙《か》じりながら、食い入るように見つめたことがあった。私たちはある時期、映画から、人生のよろこびや、生きるための勇気を得たことがあったのだが、いまはほとんどの映画館では、その場かぎりの、使い捨ての、人間を冒瀆《ぼうとく》する、チャチで馬鹿げた映画しか上映されてはいないのである。「泥の河」は完成したが、一般公開のめどはまったくたたなかった。最初から覚悟のうえだったとは言うものの、小栗氏の無念な思いは私にはよくわかった。ひとりの無名の、長い下積みを経て来た若い映画作家のために、私はなんとしても「泥の河」に日の目が当たってほしかった。そうでなければ、私たちは今後も永久に、映画を愛する職人たちによって、大切に作られた作品に接することは出来ないではないか、とさえ思われたのだった。

まことに幸運な道筋を経て、「泥の河」は東映セントラルフィルムの配給で一般公開されることとなった。そうした機縁となったのは、試写を観たマスコミの人たちの口コミと、草月ホールで三日間だけ先行封切した際の、四千人にものぼる観客の賛辞である。私の中に眠っていたひとつの風景は、小栗康平という春秋に富む青年監督の手によって、気品と清澄にみちた映像と化して生き生きと動きだした。私の書いた「泥の河」と、小栗氏の作った「泥の河」とは、また自《おの》ずから違うものである筈であるが、そこにまぎれもなく共通した「風景」が口を開いている。少年時代を経《へ》てきたおとなたちが、みなそれぞれに心に秘めているあの懐《なつか》しい風景である。

「泥の河」の映画化

「泥の河」という小説は、昭和五十二年度の太宰治賞を受賞して、私を文壇に送ってくれた、いわば私の出世作である。最後の場面などは、映画にすればきっとすばらしいシーンになるだろうと、選考委員の誰かが語ったということを、私は後日担当の編集者から聞いた。だが、私は「泥の河」がよもや映画になるとは想像もしていなかった。原作をお読みになった方にはお判りになると思うが、起伏に富んだドラマが展開されることもなく、登場人物も、舞台となる風景も、どこといって特徴のない地味な小説であり、きわめて映像化しにくい作品だと思われたのである。

ところが小説を発表して二年程たった五十四年の秋に、ひとりの私と同年齢らしい青年から突然電話がかかってきて、「泥の河」を映画にしたいのだが、作者の許可を貰《もら》いたいと言われた。それが監督の小栗康平氏であった。氏は電話口で「『泥の河』を、私の映画監督としてのデビュー作にしたいとずっと思いつづけてきました」と言われた。聞いてみると、配給元も未定、公開のめどもまったくなし、ただ金を出そうという人間がひとりいるだけだという。私は心もとなくなって、しばらく受話器を耳に当てがったまま黙り込んでしまった。しかし「泥の河」が、ひとりの若い映画監督のデビュー作になるという点が、私の心を動かしたのである。私はとにかく小栗康平という人間に逢《あ》ってみることにした。

小栗氏は、映画作りのために金を出そうという奇特な人物と一緒に私の家にやって来た。それが木村プロダクションの木村元保氏で、氏は普段は鉄工所などを営《いとな》みながら資金を蓄《たくわ》えて、その金で映画を作っているのだと言った。

「『泥の河』を映画にして儲《もう》かると思いますか」

と私は訊《き》いた。木村氏は目をぱちくりさせながら、

「たぶん大損をすると思います」

と真顔で答えた。

「じゃあ、どうしてわざわざこんな苦労を背負い込むんですか」

「映画が好きなんです。いい映画を作りたいんです。売れなくとも、作っておけば残ります」

木村氏は大きな体を小さく丸めてそう呟《つぶや》いた。私もかつては映画が好きだった。映

画こそ、人間の作りあげた見事な総合芸術だと思っていた。ところがここ数年、私は映画館に足を運ばなくなってしまった。派手な広告につられて高い入場料を払っても、見せかけだけの愚にもつかない駄作《ださく》を見せられて失望するのがおちだったからである。私はいつか映画から完全に離れてしまった。そうしたときに、無名の、だが映画に煮《に》えたぎるような情熱を抱いている二人の人物と知り合ったのだった。小栗氏もまた大学を卒業してからずっと助監督をしながら、いつか巡って来るかもしれないチャンスを待ちつづけてきたのだという。私は自分の書いた小説が、そのような人間に買われたということを光栄に思い、思いきって映画化を託すことにしたのだった。

少ない資金で、「泥の河」は映画を愛する職人たちの手によって映像化されていった。原作の持ち味を生かすために、わざと白黒のスタンダードで撮影され、一般公募で選ばれた三人の子役は監督と寝食をともにして演技をたたき込まれていった。映画は無事に完成したが、予想していたとおり、大手の映画会社は買ってくれなかった。なかには、試写すらろくに見てくれない会社もあったくらいだった。ところが東京の草月ホールで三日間だけ上映してみると、たいした広告をしたわけでもないのに大勢の観客がつめかけたのである。最後のシーンでは観客のあいだで拍手すら起こったという。

その評判が口から口を伝わって、多くの新聞や雑誌が取りあげてくれるようになり、東映セントラルという会社の配給で五月下旬から全国公開されることに決まったのであった。しかも小栗康平氏は、この作品でことしの監督協会新人奨励賞を受賞した。私はそれを新聞で知って、自分のことのように嬉しかった。長い下積みの時代を耐えて、ひとりの青年にやっと一輪の花が咲いた、ああ、本当によかったなあという思いだった。私の出世作となった作品は、また同時に小栗康平という無名の監督の出世作ともなったのである。「泥の河」という作品の持っていた運命であったかもしれない。

小栗康平氏のこと

小栗康平監督とは、もう随分《ずいぶん》久しく逢《あ》っていない。なんだか五年も六年も顔を合わせていないような気がするのだが、よく考えてみれば昨年の秋に、大阪の道頓堀で逢っている。ある雑誌の企画で、小栗さんがカメラマンになって私を撮《と》り、それをグラビアに載《の》せるというものであった。小栗さんは映画監督で、カメラマンに撮らせる側の人であるが、そうした仕事をしている人にシャッターを押させることの面白味《おもしろみ》を狙《ねら》った企画でもあったのだろう。

当時、小栗さんは私の書いた小説「泥の河」を映画化し、その作品の見事な出来栄《できば》えによって一躍マスコミの寵児《ちょうじ》となっていた。本来ならば、彼が撮られる立場にあった筈だが、小栗さんは快く引き受けてくれて、わざわざ東京から足を運んで下さった。

雑誌を見る人も、その企画をたてた編集者も、無論この私も、小栗さんがカメラマンとしてまったくの素人《しろうと》であることを知っている。だから私は、撮影はすぐに終るものと思っていた。同行した編集者もそう思っていたらしい。けれども、それは延々三時間以上もつづいた。小栗さんはカメラのファインダーを覗《のぞ》き、執拗《しつよう》にシャッターを押しつづけ、いっこうにやめようとは言わないのである。

ある場所に私を坐らせ、近づいたかと思うと遠ざかり、しきりに首をひねりつつシャッターを押している。写真というのは、写される方も相当疲れるものである。いいかげんにしといたらいいのに、と私は思ったが、小栗さんの真剣さにうたれて、そんなことはうっかり口に出せなくなってしまった。

小栗さんは喫茶店での撮影が終ると、次は私を戎橋《えびすばし》の上につれて行き、橋の端から端まで何回も往復させ、それが済《す》むと欄干《らんかん》に凭《もた》れさせて、雑踏にもまれながら、腰をかがめたり伸びあがったり、右へ移動したり左へ走ったりして写している。彼が遠くから私に笑顔を向け、指を丸めてOKの合図を送ったので、やれやれ終ったと思っていると、とんでもない、そこまでが序の口で、「もうワンカット撮ろうよ」と言って、今度は道頓堀筋に私をつれて行った。大きな食堂の前に立たせ、また何回もシャッターを押した。

そこが済むと、老舗《しにせ》の古本屋の前で何でもいいから本を立ち読みしていてくれと注文を出し、またあらゆる角度から私を写した。もう幾ら何でもこれで終りだろうと私も編集者も思ったが、どっこい小栗さんはまだまだやる気だった。道頓堀筋を、角座《かどざ》の方から戎橋のたもとに向かって歩いて欲《ほ》しいと言う。仕方がないので、私は言われたとおりにした。すると、もうちょっとゆっくり歩いてくれとやり直しを命じられた。また元の位置に戻って、ゆっくり歩いた。速度は今ぐらいでいいから、あっちこっちの風景をみながら歩いてくれと言われた。言われたとおりにした。もう一度、と小栗さんは言った。もう一度、もう一度……。

私は道頓堀筋の人混みをいったい何回行ったり来たりさせられたか知れない。改めてつけ加えるが、小栗さんは映画監督であってカメラマンではないのである。小栗さんが下手《へた》な写真を写したとて、誰もケチをつける者はいない。たとえいい写真であっても、小栗さんにとってはプラスにもマイナスにもならないことである。私は疲労困《ひろうこん》憊《ぱい》の中で、そのとき初めて小栗康平という人間を知った気がした。

私は映画「泥の河」の成功を、原作がよかったからさと自惚《うぬぼ》れていた。だがそうではなかった。雑誌のグラビア写真を撮るという、新進の映画監督・小栗康平にとっては損にも得にもならない作業に、これほどまでに精魂をかたむける彼の「何物かを創《つく》る」ことへのひたむきさと執念が、あの緊密で清澄な映像を創ったのである。

だがそう思いつつ、日本アカデミー賞で最優秀監督賞を受賞しながら、本賞を他の作品に奪われた小栗さんに、私が電話で冗談めかして「原作がすばらしかったおかげですと言えへんかった罰やぞォ」と言った。何と度量の小さかった自分であろう。彼はそれが冗談ではなく、私の本心から出た言葉と瞬時に聞き取った筈なのだ。この誌面を借りて、小栗さんに己《おのれ》の姑息《こそく》さを深くお詫《わ》びしたい。

「道頓堀川」の映画化

大学時代、ほんの三ヵ月程《ほど》、通称「ミナミ」の歓楽街で働いていた時代がある。父が死んですぐだったから、十三年ばかり昔のことであろうか。法善寺横丁《ほうぜんじよこちょう》にあった小さなバーのバーテンの職についた。水割りしか作れないバーテンだった。そのバーは、私が勤め始めて三ヵ月でつぶれてしまった。私はすぐにあるホテルのボーイの職をみつけて、道頓堀《どうとんぼり》から去ったが、そのわずか三ヵ月間にしかすぎなかった道頓堀川周辺での、殆《ほとん》ど無頼《ぶらい》と言ってもいい生活の中で知り合い、あっという間に別れて行った数多くの人間たちのことは、さまざまな感懐とともに心の深部に刻印されている。何人ものゲイ・ボーイたち、板前さんたち、ホステスたち、何者とも知れぬ正体不明の男と女たち――。誰も一様に頬が薄く、寂しい目の光を、はっとするくらい如実に煌《きらめ》かせる人々だった。きっと私も、その時代、彼らと同じ目をして、道頓堀川の廻りをほっつき歩いていたのだろう。

法善寺横丁から千日前筋《せんにちまえすじ》を抜けて日本橋の方に歩いて行ったことがある。露路から露路へと曲がって、もうここがいったいどこなのか判らなくなった頃、一軒の小さな玉突き屋があった。閑散とした店内で、初老の男がひとりで玉を突いていた。私は表からガラス窓越しに、その男の巧《たく》みなキューさばきを見ていた。私と一緒にいた男が、「金の賭《か》かったゲームをさせたら、日本で一番強い男やったんや」と耳打ちした。私は長い間、その老玉突き師を見ていた。やがて男と目が合った。男は、向こうへ行けというふうに軽く手を振った。優《やさ》しい目だったが、私はそれを恐いと感じた。場末の玉突き屋で、ひとり黙々と紅白の玉を突いていた初老の男の姿は、それから何年かたって、ことあるごとに思い浮かべるたびに私の中である終末感を帯びたひとつの揺るぎない映像となっていった。

「道頓堀川」という小説は、その名も知らぬ、行きずりの、ガラス窓越しに見ただけのひとりの人物を、私が勝手にこねくりまわして創り出した架空《かくう》の物語である。物語の中に、私は、まち子姐さんや邦彦や、政夫やかおるや、その他さまざまな、これもまた架空の人物を織り込んだ。「泥の河」は動いている風景から生まれ出た小説だったが、「道頓堀川」は初老の男が玉を突いているという一枚の絵から創造されたと言ってよいかと思う。そうして出来あがった小説の映像化には、最初から困難が立ちはだだかっている。映画は停止した一幅の絵ではないからである。しかも映画には、映像作家による省略と、原作にはない新たな筋立が創られてしかるべきもので、すでに原作とは否応《いやおう》なく離れていかねばならぬ一見矛盾と思われる作業が施《ほどこ》される。「道頓堀川」は、その省略と新たな創造を拒否している小説に属していて、映画の成功は、苛《か》酷《こく》なまでに、監督の深作欣二氏と脚本家の野上龍雄氏の芸にかかっている。私の「絵」を、このベテランの力ある映像作家が、どう動かすのか、私はのんびりチョコレートでもかじりながら、映画館の暗闇の中で楽しませてもらおうと思っている。

私の「優駿」と東京優駿《ダービー》

小説新潮スペシャルの五十七年春号から、私は「優駿」という小説の連載を始めた。題名が物語るように、競走馬の世界に材を求めた小説である。出版社の都合で、第二章からは「新潮」に三ヵ月おきに連載されることになったが、予定としては全部で八章、八百枚を越える作品になる筈である。だから、これからの二年間、私の心の中には、一頭の架空のサラブレッドが、ときにいなないたり、ターフを疾駆《しっく》したり、その大粒な目にさまざまな色をたたえつつ生きつづけることになるだろう。一頭のサラブレッドに己《おの》れの人生の夢を託した幾人かの人々の物語ではあるが、主人公はあくまでも物言わぬ青毛の競走馬だということになる。

私と競走馬との出会いは、二十数年前にさかのぼる。小学校の五年生くらいだった私を、父はよく淀《よど》の京都競馬場につれて行った。当時は現在のような競馬ブームではなく、競馬場にはどこかのんびりした雰囲気があったように記憶している。父は勝つとタクシーで祇園《ぎおん》のお茶屋にくり込み、私を年配の芸者にあずけて、自分は別室でどんちゃん騒ぎをやっていた。負けた日は京阪電車に乗って、とぼとぼと難波《なんば》まで出て、小さな居酒屋で私を横に坐らせたまま焼酎《しょうちゅう》を飲んだ。そういう人であった。裕福な時代も貧しい時代も、つねに気っ風《きっぷ》のいい馬券の買い方をした。どんなときにも、競馬を遊びとして受けとめていて、決して馬券に溺《おぼ》れることはなかった。父はよく幼い私に「借金をした金で馬券を買って勝ったやつはいない」という意味のことを言った。その父の言葉が骨身《ほねみ》に沁《し》みて判《わか》ったのは、それから二十年たって、私自身が馬券にのめり込み、手痛いめに遭《あ》ってからだった。競馬に関する父の思い出の中で、いまでも妙にはっきり残っているのは、レースを終えて引きあげてくる馬に乗っているひとりの若い騎手を指差し「あいつは、いまに一流の騎手になるぞ」と言ったことである。珍しい姓だったので二十数年前の子供の私の心に刻みつけられたのであろう。タケ・クニヒコというジョッキーであった。父は死ぬ半年程前に、大学生だった私に千円札を三枚手渡し、あるレースの単勝馬券を買って来てくれと言った。その頃、父は事業に敗れ、無一文同然の境遇になっていた。私は梅田の場外馬券売り場に行き、落ちている予想紙を拾って、父の買おうとしている馬の名を見た。馬の名は忘れたが、騎手は武邦彦だった。私は場外馬券場の雑踏の片隅に立って、そのレースの始まるのを待った。そしてレースの実況放送を聞いていた。父の買った馬は楽勝して、千三百二十円の配当がついた。私はすぐにそれを金に換《か》え、キタの盛り場で全部飲んでしまった。翌日、父は私に訊《き》いた。「武は来たか？」。私は「あかんかった。三着やった」と答えた。「そうか、やっぱりない金で買《こ》うたら、来る馬もけえへんなァ」と笑った。私は恐る恐る父の顔を窺《うかが》い、「けさの新聞、見ィひんかったんか？」と訊いてみた。父は「目も耳も悪なって、ラジオも聞かなんだし、新聞も見てない」と言った。その言葉で、私は自分の嘘《うそ》がばれてしまっているのに気づいた。「俺がこの世で買《こ》うた最後の馬券や。最後を負け戦にしやがって、武のやつ、しょうのないやっちゃ」。父はそう言ってまた笑った。だが父は、競馬に関しては、最後を勝ち戦で飾ったことをちゃんと知っていたのである。そして、三万九千六百円の配当金を何に使ったのか、ひとことも私に聞こうともしなかった。

　父が死に、何年かたって、私は「螢川」という小説で芥川賞を受賞し作家生活に入った。父が生きていたら、どんなに喜んでくれたことだろうと思い、風呂につかりながらひとしきり泣いた。そのとき、いつの日か、一頭のサラブレッドを主人公にした小説を書こうと思ったのだった。題はすぐに決まった。日本中央競馬会の発行する「優駿」という雑誌が頭に浮かんだのである。優駿——言葉の響きに、爽《さわ》やかさと凛々《りり》しさがあって、しかもどこかに烈《はげ》しいものを感じさせた。だが競走馬の世界を小説にするとなれば、まず私自身が、じっくりとその世界のことを勉強しなければならぬ。かなり面倒な取材を経て、充分に準備を整えたうえでスタートしなければ失敗してしまう。競馬をあつかったギャンブル小説なら、国内と言わず国外にも山程あるが、自分はそうではないものを、サラブレッドという不思議な生き物それ自体を書きたいのだ。そんな考えが、私を立ちつくさせた。うかつに手は出せない。そう思いながら何年かがたったのだった。

馬の美しさは不思議である。単純な、姿形や毛並《けなみ》の美しさなのではない。それは人為的に淘汰《とうた》され、人智によって作りあげられてきた生き物だけが持つ一種独特の不思議な美しさなのである。そんな、サラブレッドの〝美しさ〟とその美しさが宿命的にたずさえている哀《かな》しさをたたえた湖水の上に、それぞれの人生を生きる人たちを浮かべて回転させていけば、もうそれでいいのではないか。そう思い到って肩の力が抜け、私はやっと「優駿」の第一章を終え、第二章を書き始めたところである。

さて優駿といえば、やはりダービーのことがまっ先に心をよぎる。私はどういうわけか、かつて一度もダービーの馬券をとったことがない。ところがオークスの馬券は逆に一度も外したことがないのである。タニノムーティエから買ったときも、タケホープからはいったときも、みんなそれぞれ一着に来ているのに、二着馬を外してしまう。まだサラリーマンだった頃、私はヒカルイマイから全部の枠に流した。〝取って損〟を覚悟で、とにかくせめて一度くらいダービーの馬券をとろうと思ったのである。ちょうどその日、私は出張を命じられて滋賀県と福井県の境に近い小さな町に行かなければならなかった。私は少し早く起きて、梅田の場外馬券売り場で、ヒカルイマイのいる五枠《わく》がらみの馬券をすべて買った（つもりであった）。仕事を済《す》ませたのが二時過ぎで、私はタクシーで琵琶湖畔を大津に向かって帰って行った。そしてテレビの置いてありそうな喫茶店を捜した。二軒目にのぞいた小さな喫茶店にテレビがあり、タクシーを待たせておいて中に入った。ちょうどゲート・インが終ってスタートをきったところだった。私は、ただ一心にヒカルイマイだけを見ていた。ヒカルイマイが来ればいいのである。ヒカルイマイからすべての馬券を買っているのだから。しかし、ヒカルイマイがこけたら皆こけたである。あの、他の馬がすべて停まって見えたような、ヒカルイマイの差し足で私は飛びあがった。二着に同枠のハーバーローヤルが来て、五―五のゾロ目馬券だった。ついに取った。五千幾らかの高配当である。私はタクシーに戻り、胸ポケットから馬券を出した。まず一―五の馬券を丸めてタクシーの中の灰皿に捨てた。二―五、三―五、四―五と丸めて捨てて、当たり馬券である筈の五―五の馬券を持った。ところがそれは五―六で、次は五―七そして最後の一枚は五―八だった。丸めて捨てた馬券を慌《あわ》ててひろげてみたが、五―五だけがない。よくある話である。ゾロ目の馬券だけ買い忘れたのだった。大津から国鉄に乗って、自分の馬鹿さ加減にうんざりしながら、ふと父のことを思い出した。父に嘘をついたその罰があたったと思えて、なぜか罪ほろぼしをしたような気がした。

と、ここまで書いて来て、私はいま電撃的啓示を受けた。私がダービーで馬券の軸にした馬は、ことごとく一着になったではないか。さすれば何を迷うことがあろう。単勝を買えばいいのだ。ひょっとしたら、ダービーに関する限り、私は単勝の鬼であるかもしれないのだ。ことしのダービーは××××の単勝を買うぞ。

「風の王」に魅せられて

ことしの春から、「優駿」という小説の連載を始めた。一回が原稿用紙百枚で、三ヵ月おきに、八回から十回にわたって書きつづっていく予定だから、あるいは千枚を超える長篇になるかもしれない。

一頭のサラブレッドを主人公にした小説を書きたいと思うようになったのは、私が芥川賞をもらった五十三年の春頃からであるが、そうした思いは、ひるがえって考えてみると、二十五年前の、烈《はげ》しい吹雪に包まれて富山から大阪へと進んで行く立山一号の列車の中で芽ばえていたと言っていいかと思われる。新天地を求めて、大阪から富山へ移った父は、わずか一年で事業に敗れ、殆《ほとん》ど無一文の状態で再び大阪へ帰って行くことになった。その日、列車に乗る前、私は富山駅の二階にあった小さな本屋で、一冊の本を買ってもらった。「名馬風の王」という、イギリスの女流作家が少年少女のために書いた物語で、サラブレッド三大始祖の一頭であるゴドルフィン・アラビアンの数奇な生涯を、伝説と作者の想像とを絡め合わせて描きだした小説だった。私は十歳だったが、子供心にも、父が夢敗れて大阪へ帰ること、行末を案じて母が暗い顔をしていることをはっきり感じ取っていた。父も母も、降りしきる雪ばかり見つめて無言だった。そうした状態の中で、「名馬風の王」を読んだのである。読み終えたのは、列車が京都に着く少し前だったように記憶している。私はそのとき初めて、サラブレッドという生き物を知ったのだった。十歳の私は感動した。馬が好きになった。サラブレッドとは、なんと神秘的な生き物であろうか。言葉にすればそれに近いような深い感銘をおぼえたのであった。

私たち一家は、それからも、尼崎、大阪の中之島、福島区と、転々と移り住んだ。引っ越すたびに貧しさは増していった。私は小さいときから本を読むのが好きだった。けれども、父はそんな私に、たった一冊の本すら買ってやれない境遇になっていったのである。だから、私が持っている本は「名馬風の王」ただ一冊だった。私は何度も何度もその小説を読んだ。書き出しの数ページと終りの数ページを、私は諳《そら》んじられるようになった。いまでも、私はそれを誤《あやま》たずに口にすることが出来る。それなのに、なぜか、イギリスの作者の名前をどうしても思い出せない。高校生のとき、私と母を捨てて、よその女のもとに走った父に対する憎しみを、私は父から買ってもらった幾つかの品物をすべてドブ川に放り投げることで晴らそうとした。万年筆、釣竿、顕微鏡……。その中に「名馬風の王」も入っていた。それらは青みどろと油の混じったドブ川の底に沈んでしまった。しかし、「壺の中の蜂蜜にお日さまが射したみたい」な、一頭の美しい鹿毛のことは、決して私の中から消えていかなかった。

父が死んで十年後に、私は「螢川」という小説で芥川賞を受賞し作家生活に入った。そしてある日突然、「名馬風の王」の最後の部分を思い出した。アラビア馬ゴドルフィンが天寿をまっとうしてこの世を去ったあと、持ち主であったゴドルフィン伯爵は、牧場の片隅に小さな石の碑をたてた。けれどもそこには「ゴドルフィンここに眠る」とだけ刻まれてあるだけで、その馬の功績は何ひとつ印されていなかった。牧場を訪れ、そのことを不審に思って質問する人々に伯爵は笑って答える。「どうしてあの馬の偉大な功績を刻んでおかないのかですって？　それは、そんな必要がないからですよ」。アラビア馬ゴドルフィンがどんな偉大な馬であったかを知ろうと思えば、競馬場に行けばいい。そこにはアラビア馬ゴドルフィンの血を受けた子供たちが、風よりも速く、ターフを駈けて行くのを見るだろう。それだけで充分ではないか。伯爵はそう言いたかったのだった。もちろん「名馬風の王」は小説である。そこには虚実が入り乱れている。だが、私は「名馬風の王」をドブ川に捨てた瞬間のことを思い浮かべるとき、あれほど憎んだ父の姿が殆ど同時に甦《よみがえ》ってくる。するとなぜか、虚と実は、どちらも幻のように、どちらも現実のように、私の中で拡がって行くのである。

私は「優駿」の主人公を、ゴドルフィン・アラビアンの血をひく牡の青毛に設定した。現実には、ゴドルフィン・アラビアンの血はマッチェム系へと枝分かれし、その七代目のウェストオーストラリアンが最初の三冠馬となった。そしてオーストラリアンの四代目に、アメリカでマンノウォーが生まれ、二十一戦二十勝の戦績を残した。この系統はやがて日本にも伝わって来て、月友がいい成績を残したぐらいで、決して繁栄しているわけではない。だから、私が「優駿」の主人公を、ゴドルフィン・アラビアンの末裔《まつえい》としたのは、単なる私自身の、ゴドルフィンへの思い入れに過ぎないのであって、競馬関係者からは反論が出るかも知れない。しかし私は、それはそれでいいと考えている。一頭の競走馬を中心にして、それを取り巻いている人のそれぞれの人生をつづって行くことで、サラブレッドという生き物の不思議な美しさと哀しさをあぶり出せたら、小説は成功したと考えるつもりである。

この一文をしたためながら、私は父のことをまた思い出している。ことし三十五歳になって、私はやっと、父がなぜ、妻と子を捨てたのか判るような気がしている。私にとって、ありとあらゆる事柄は、すべて父の映像へとつながっていくのだが、「名馬風の王」という一冊の本もまた、私を父のふところにいざなってくれるのである。父が、どんなに自分の妻を愛していたか、どんなにひとり息子を愛していたか、いま私には判る。あるいは私は、「優駿」という競走馬の世界をあつかった小説によって、父と子を描こうとしているのかも知れないのである。

三ヵ月おきに十回の連載となると、完成するのに三年かかることになる。三年間、私の心の中に、一頭の架空のサラブレッドが存在しつづけるのである。その一頭の馬に己《おの》れの夢を託した、生産者や馬主や、調教師やジョッキーの、人間としての歓《よろこ》びや哀しみを背景に、私の「風の王」が創り出せたらしあわせだと思っている。

錦繡の日々

父が死んで一年半程たった頃だったと記憶しているから、いまから約十二年前の秋のことである。私はある広告代理店に就職し、コピーライターとして働くようになって半年もたたないというのに、すでに自分の仕事に疲れを感じだしていた。自分の創り出す広告作品が、キャッチフレーズなるものが、一瞬のうちに消えて行く、しかも跡形もなく滅び去ってしまう偽善の産物であることに、悲哀と空しさを感じるようになっていたのである。しかも、このことは随分あとになって判ったのだが、どうもその頃から私の右胸の鎖骨の下あたりに、結核による米粒大の病巣《びょうそう》が生まれたらしく、まだ二十三歳の私は、全身が軽い倦怠感《けんたいかん》に絶え間なく包まれているのを不審に思い始めていた。

私はよく晴れた晩秋の奈良へ行った。不動産会社のパンフレット作成のための写真撮影が主な目的で、カメラマンとデザイナーと私の三人は仕事を夕方済《す》ませると、早々に帰路についた。場所がどこだったのかすっかり忘れてしまったが、近鉄電車の駅に向かうタクシーの中で、デザイナーが、いなか道に一軒ぽつんと建っている食堂を指差し、「おい、ビールでも飲もうや」と言った。彼もまた辺鄙《へんぴ》な、とても人間が生活出来そうにないところに造られた分譲地をいかに辺鄙な場所ではないように誤魔《ごま》化《か》して撮影するかで苦心惨憺《さんたん》したあとで気が滅《め》入《い》っていたのだろう。私たち三人はタクシーを降り、駅までの道順を運転手に訊いた。歩いて二十分程のところだという。それならタクシーを待たせておくこともなかろうと思い、料金を払って、軒の傾いた小さな木造の食堂に入った。客は他には誰もいず、作れるものは丼物と、うどんかそばだけだという。私たちはビールだけ注文して溜息《ためいき》をつき、やたらに煙草《たばこ》ばかり喫《す》っていた。食堂は二階が住まいになっているらしく、頭上から赤ん坊の泣き声が聞こえていた。店の裏は田圃《たんぼ》で、稲の刈り終わったあとの、土色の風景が彼方《かなた》の山すそまでつづいている。そして私はビールの入ったコップを手に持ったまま、そのどこか寒々とした風景の一角にふと目をとめた。田圃のはずれ、小さな神社があるとおぼしき杜《もり》の中に、それ程大きくもなさそうなもみじの木が一本、赤く燃えていたからだった。私はそのとき、これまで無数の赤という色を見てきたが、こんなにも凄然《せいぜん》な、しかもこんなにも寂寥《せきりょう》とした赤は見たことがないような気がして、黙念とそのどこかうらぶれたたたずまいの食堂の汚ない椅子《いす》に坐り込み、いつまでもそこに目をやっていた。何にもない虚無に近い風景の中で、たった一本きりのもみじが紅葉している。それもなんと烈しく紅葉していることだろう。その思いは、次第に私を鼓舞《こぶ》してきた。自分にも何かが成し遂《と》げられそうな気がしてきたのであった。幼かった頃、父がよく京都の山奥に紅葉を観につれて行ってくれたことを思い出したりした。

けれども、私はそれから四年後に結局会社を辞《や》めた。疲れ果てて、コピーライターという仕事から逃げたのである。そして小説を書き始めた。その間に、右鎖骨の下の病巣は、じつにゆっくりとした速度で、私の肺を侵蝕しつづけていたのである。さらに三年後、「泥の河」で太宰治賞、つづいて「螢川」で芥川賞を受賞して、やっと作家としてスタート台に立てた私は、それまで張りつめていた心をゆるめようと、友人とふたりで東北を旅行した。友人とは上野駅で待ち合わせをした。その二年前から、私は執拗な咳に悩まされるようになっていて、確かに自分が何かの病に冒されているのをはっきり自覚していたが、ここで倒れたらおしまいだと考えて、病院にも行かず、懸命に小説を書きつづけてきたのだった。私は、その上野駅の便所で血を吐いた。やっぱり来る物が来やがったと思ったが、友人には内緒にしたまま、私は列車に乗った。もう一度血を吐いたら死ぬのではないかという恐怖にかられたが、この旅行を楽しみにしていた友人に、どうしても打ち明けることの出来ないまま、山形の天童に着いた。そのあくる日、私たちはバスで蔵王温泉へ行った。旅館の部屋に入るなり、私は蒲団を敷いてもらって横になった。咳が出そうになるたびに必死でこらえた。咳をしたら大喀血をして、そのまま死んでしまいそうな気がしたからである。そんなこととは知らない友人は、せっかく来たのだから、蔵王の山頂で夕陽を見ようと誘ったが、私は動けなかった。友人は不満そうに、ひとりで旅館を出て行った。しかし帰って来た友人は、夕食を済ませると、いやがる私の腕をつかんだ。ダリア園への坂道を昇り、すさまじい星の瞬《またた》きを指差して、あれが天の河、あれがスバル、あれが白鳥座と、あきれるくらいの星座に関する知識を喋《しゃべ》りつづけた。私はうっとりと星々を見つめ、もしここで死ぬようなことがあっても、自分はしあわせだったと思えるような気持ちにひたっていた。死ぬなら死にやがれ。そう思った。だから翌朝、私は友人がきのうひとりで落日と朝日連峰を眺めたという地点に行ってみる気になった。ダリア園からゴンドラ・リフトに乗ってドッコ沼へと昇って行った。そのゴンドラ・リフトの中から、私は何年か昔、奈良の地名も忘れた片いなかの食堂の窓の向こうに見えていたものと同じものに接したのである。しかし、それはあの一本きりの寂寥たる紅葉ではなく、樹齢を重ねた、生命力豊かなもみじの燃えであった。私はなぜかその瞬間、あの一本きりの寂寥たる紅葉と、この蔵王の、さまざまな朱色に燃える紅葉を、自分の中に同時に合わせ持っていることに気づいた。錦繍《きんしゅう》という言葉が心をよぎり、自分の生命もまた錦繍であるような思いにとらわれたのである。私はその自分の中に存在する錦繍を小説にしようと思った。（前略／蔵王のダリア園から、ドッコ沼へ登るゴンドラ・リフトの中で、まさかあなたと再会するなんて、本当に想像すら出来ないことでした）。この一節が何の脈絡もなく心に浮かんだ。その冒頭の一節を胸の内にしまい込んだまま、私はなんとか家に帰り着き、そして入院し療養生活に入ったのである。数年後、健康を恢復《かいふく》した私は、男と女の手紙のやりとりだけで終始する「錦繍」という小説を書きあげた。

ことしもまた紅葉の季節がやって来た。だが紅葉は、私にとってはもはや植物の葉の単なる変色ではない。自分の命が、絶え間なく刻々と色変りしながら噴きあげている錦の炎である。美しい、と簡単に言ってしまえる自然現象などではない。それは私である。それは生命である。汚濁、野望、虚無、愛、憎悪、善意、悪意、そして限りなく清浄なものも隠し持つ、混沌《こんとん》とした私たちの生命である。どの時期、どの地、どの境遇を問わず、人々はみな錦繍の日々を生きている。

あとがき

「命《いのち》の器《うつわ》」とは、またなんと大袈裟な題をつけてしまったことだろう。これは私の二冊目のエッセイ集となるが、一冊目の「二十歳《はたち》の火影《ほかげ》」を出して三年という年月が過ぎている。私はその三年間、あまり成長しなかったような気がして（それどころか衰退してしまった気さえして）、自分の、人間としての、作家としての器に疑問を抱きつづけてきた。私の書くものはいったい何であるのか。自問しつづけてきた三年間であった。

そしてこの二冊目のエッセイ集は、その三年間に書きためられたものである。少なくともエッセイである限り、おさめられている短文のひとつひとつは、おのずから、それぞれ私という人間の凝縮《ぎょうしゅく》でしかない。私というわけの判らない人間の命の器がどの程度のものであるか、今のところ、これをもって推し量っていただこう、そう尻をまくって、「命の器」と題した次第である。

「二十歳の火影」と同じく、この「命の器」も、中村武史氏によって一冊にまとめていただいた。ありがたく感謝している。

一九八三年秋

宮本　輝

初出一覧

吹雪	一九八三年九月　GOOD DAY
父がくれたもの	一九八一年七月　小説新潮スペシャル
わが心の雪	一九八二年一月三日　北日本新聞
大地	一九八三年六月五日　日中文化交流
東京は嫌い	一九八三年二月　銀座百点
雨の日に思う	一九八〇年六月　ジュノン
かぐや姫の「神田川」	一九八三年三月二十六日　日本経済新聞
正月競馬	一九八一年一月　小説新潮
改札口	一九八一年九月六日　日本経済新聞
十冊の文庫本	一九八三年一月五日　書標
精神の金庫	一九八三年三月　なにわづ
蟻のストマイ	一九八一年九月　出会い
命の器	一九八三年三月　ぐるーぷ IY
馬を持つ夢	一九八三年五月二十日　京都馬主協会会報
街の中の寺	一九八一年九月二十日　四天王寺（淡交社刊）
私の愛した犬たち	一九八三年四月　ミセス
「内なる女」と性	一九八三年六月　ペントハウス
南紀の海岸線	一九八一年　南紀の自然（世界文化社刊）

貧しい口元　一九八二年十月　花椿
潮音風声　一九八三年一月四日～六月二十八日　読売新聞
アラマサヒト氏からの電報　一九八二年六月八日　朝日新聞
成長しつづけた作家　一九八三年三月　山本周五郎全集13（新潮社刊）
坂上楠生さんの新しさ　一九八二年九月　坂上楠生日本画展パンフレット
「川」三部作を終えて　一九八一年六月二十日　毎日新聞
芥川賞と私　一九八三年三月十九日　サンケイ新聞
命の力　一九八二年三月　出会い
「泥の河」の風景　一九八一年五月上旬　キネマ旬報
「泥の河」の映画化　一九八一年五月　潮
小栗康平氏のこと　一九八三年二月　出会い
「道頓堀川」の映画化　一九八二年六月下旬　キネマ旬報
私の「優駿」と東京優駿《ダービー》　一九八二年六月　優駿
「風の王」に魅せられて　一九八二年八月　サラブレッド
錦繍の日々　一九八二年十一月　主婦の友

宮本輝さんの仕事

水上　勉

さいきん読んだ宮本さんの対談集で、黒井千次さんとのやりとりの中で、

「ガンで死にかけている余命いくばくもない人間がいるとしますね。その人の内部はものすごい地獄ですよね。その隣の病床で、小さな子供がやはり明日をもしれぬ病にかかっているとしたら、自分の命をやってもいいから、この子だけ助けてほしいなという気持、人間なら絶対あると思う、逆にこんな老人が長いこと生きやがって、なんで自分がこの歳で死ななければいけないんだ、俺は助かりたい、という気持も、同時に持っていると思うんです。この二つの気持は絶対に理論的な文章では書けないと思う」

もちろん、黒井さんも首肯《しゆこう》しておられるのだが、そのつぎに、宮本さんはこうつけ足す。

「それを理論的にやろうとすると、日本の現代小説は、たとえば近未来小説の方法を選んだりするのだと思う。現実の俺たちの世界、僕という人間、あるいは僕の横で口をあけて寝ているかわいい女房……、そういう人間が、どういうふうに生きているんだという、回転というか、坩堝《るつぼ》というか、それを書くときに、僕はそんなものをかなぐり捨てなければ書けないですよ」

　そんなものとは頭でつくる方法のことだ。私も同感だし、この言葉に宮本さんの仕事への覚悟が語られている。絶対が二ど出てくる。宮本さんらしい。浅瀬のところで鉛筆やペンをなめていたんじゃ超《こ》えられないものはたくさんある。人間のすさまじさというものを書かねばならぬ、とする覚悟である。

　軽井沢の仕事場が近いこともあって、毎夏宮本さんと逢う。電話もかけあう。中国へもいっしょに行った。話していると、「泥の河」「螢川」の頃よりずいぶん肥《ふと》った感じをうける。体格もだが、内面的にもだ。はじめて会った頃は青白く痩せ、暗い感じをうけたが、それが失せた。かわりに艶が出た。必死に生きてきた証しだろう。

　芥川賞を受賞直後、結核で入院された話は有名で、二十代前半からもう病気もちで、不安神経症、毎日死の恐怖、発狂の恐怖とたたかってきたといつか話してもらったが、そんな日常から、「泥の河」「螢川」が生れている。いよいよ文学賞がふたつもらえて、いってみれば花道がつくられたのに、病院入りはつくづく不幸な、というべきだった。受賞第一作の佳篇「夜桜」はいまも心にのこっているが、そのあと仕事はあまり無かった。じつは病院で、死んでゆく人々を見ていたのである。運のわるさを歯を喰いしばってうけとめ、どうくぐりぬけるかの修羅を宮本さんは、心身へとへとで味わいながら、心底にふかくためこんだものがあったのだろう。父君の仕事の失敗、母堂の苦惨をなめながらの宮本さんへの慈愛。宮本さんの嘗めてきた人生苦は尋常でなかった。そんなことも、折にふれての話で知ることになるのだけれど、仕事をしながら、己れの掘るべき井戸をひとにたよらず、こつこつ掘ってきた、そんなけしきの見える作家は昨今めずらしい。つらいことから逃げて、浅瀬でいなしても結構小説らしいものは出来る。またそれがもてはやされる時節である。

小林秀雄さんが、瀬戸内晴美さんにおっしゃったそうだ。「作家は、掘っても掘っても掘りつくせない鉱山《やま》をもっていなければ」と。手許にその本がないので、そのとおりのことをいえぬけれど、器用につくるのと、自分の心田から汗みどろで掘りだしてくるのとでは作品もちがうのは当然であるが、たいがい掘っているうちに涸れるものだ。掘っても掘っても出てくる鉱脈《こうみゃく》などなかなかめぐりあえまい。ところが、小林さんは作家にそれを要求したのである。おそろしい言葉だときいたが、宮本さんの仕事への覚悟をよんだ時、チラとこのことがかさなった。私はかねてから、宮本さんの心田の井戸について、思いをこらしてきたからだ。

『錦繍』という作品がある。蔵王だったかスキー場からはじまるのだが、宮本さんの小説づくりの妙をうかがうに適当の作品だ。この作品を書く思いつきも、不安神経症のほかに、結核前期の症状をひきずって、どこかのベンチに寝て空を仰いでいた時に、とつぜんストーリーがうかんだ、というようなことを話してもらったことがある。あるいはそうではなくて、とつぜん、旅に出たくなって友達としめしあわせて蔵王へ出かけてゆくことになったか、のどちらかだったと思うが、要するに、思い屈した絶望をかいくぐろうと必死に生きもがいていた一日、重い雲のたれこめた空に、裂け目が生じて、この人は誰も見ぬ青空をみたのだ、と私は思う。そのように私はこの話をきいたと記憶しているが、大事なことは、その一瞬の青空を見ていて、息ふきかえすように、心にやどった考えを宮本さんが信じたということである。信じる。そうだ。宮本さんには、奮闘といいかえればいいか。そうでないと、あのうつくしい物語の構築は出来っこない。人は何といおうと、『錦繍』を私は、宮本さんの代表作だと思っているが、人間の生きることのはかなさ、愛することのはげしさ、うつくしさ、をみじかい旅で見た山の風景に綴《と》じこめて、宮本さんは、掌指《てゆび》をオサにかえて織りあげた。手をつかっての刺繍織《ししゅうお》りだから、うらをかえすと、無数のかえし縫いのはらわたがかくれて血が出ている。小説づくりの巧妙さでは、すでに定評を得ている宮本さんだが、『錦繡』はよくその世界をあらわす作品だと思う。といってどの作品にも、浅瀬でいなしたものは見あたらぬ。また、この人は、ずいぶんいためつけられてきた経験からかもしれぬが、人間へのやさしさと慈しみをもっている。それは、毒と薬が一体になるようなところがあって、かんたんには語れない宮本さんの内面の所産のはずだが、ここで、くわしく立入る時間がない。冒頭にひいておいた黒井千次さんとの対話の、病棟での話の比喩がそれを物語っているのである。人間を厚く見る態度というか、うらからもおもてからも見きわめて真理に立ち入ろうとする初心が鋼のようにかたいのである。

おことわり

本作品中には、分裂病という今日では差別表現として好ましくない用語が使われています。しかし、作品が書かれた時代背景、および、著者が差別助長の意図で使用していないことなどを考慮し、あえて発表時のままとしています。読者の皆様のご賢察をお願いいたします。

＊

本書は、一九八六年十月に刊行された文庫版を新デザインにしたものです。

（編集部）

|著者|宮本 輝 1947年兵庫県神戸市生まれ。追手門学院大学文学部卒。'77年『泥の河』で太宰治賞、'78年『螢川』で芥川賞、'87年『優駿』で吉川英治文学賞をそれぞれ受賞。'95年の阪神淡路大震災で自宅が倒壊。2004年『約束の冬』で芸術選奨文部科学大臣賞、'09年『骸骨ビルの庭』で司馬遼太郎賞をそれぞれ受賞。著書に『道頓堀川』『錦繍』『青が散る』『避暑地の猫』『ドナウの旅人』『焚火の終わり』『ひとたびはポプラに臥す』『草原の椅子』『睡蓮の長いまどろみ』『星宿海への道』『にぎやかな天地』『三千枚の金貨』『三十光年の星たち』『宮本輝全短篇』(全2巻)など。ライフワークとして「流転の海」シリーズがある。近刊に『真夜中の手紙』『水のかたち』『満月の道』『田園発港行き自転車』『長流の畔』。

新装版《しんそうばん》 命《いのち》の器《うつわ》

宮本《みやもと》 輝《てる》

2005年10月15日第1刷発行
2024年10月2日第22刷発行

発行者――篠木和久
発行所――株式会社 講談社
東京都文京区音羽2-12-21 〒112-8001
電話 出版 (03) 5395-3510
販売 (03) 5395-5817
業務 (03) 5395-3615

Printed in Japan

講談社文庫
定価はカバーに表示してあります

KODANSHA

デザイン―菊地信義
本文データ制作―講談社デジタル製作
印刷―――株式会社KPSプロダクツ
製本―――株式会社KPSプロダクツ

ISBN4-06-275221-2

講談社文庫刊行の辞

二十一世紀の到来を目睫に望みながら、われわれはいま、人類史上かつて例を見ない巨大な転換期をむかえようとしている。

世界も、日本も、激動の予兆に対する期待とおののきを内に蔵して、未知の時代に歩み入ろうとしている。このときにあたり、創業の人野間清治の「ナショナル・エデュケイター」への志を現代に甦らせようと意図して、われわれはここに古今の文芸作品はいうまでもなく、ひろく人文・社会・自然の諸科学から東西の名著を網羅する、新しい綜合文庫の発刊を決意した。

激動の転換期はまた断絶の時代である。われわれは戦後二十五年間の出版文化のありかたへの深い反省をこめて、この断絶の時代にあえて人間的な持続を求めようとする。いたずらに浮薄な商業主義のあだ花を追い求めることなく、長期にわたって良書に生命をあたえようとつとめるところにしか、今後の出版文化の真の繁栄はあり得ないと信じるからである。

同時にわれわれはこの綜合文庫の刊行を通じて、人文・社会・自然の諸科学が、結局人間の学にほかならないことを立証しようと願っている。かつて知識とは、「汝自身を知る」ことにつきていた。現代社会の瑣末な情報の氾濫のなかから、力強い知識の源泉を掘り起し、技術文明のただなかに、生きた人間の姿を復活させること。それこそわれわれの切なる希求である。

われわれは権威に盲従せず、俗流に媚びることなく、渾然一体となって日本の「草の根」をかたちづくる若く新しい世代の人々に、心をこめてこの新しい綜合文庫をおくり届けたい。それは知識の泉であるとともに感受性のふるさとであり、もっとも有機的に組織され、社会に開かれた万人のための大学をめざしている。大方の支援と協力を衷心より切望してやまない。

一九七一年七月

野間省一

柾木政宗　NO推理、NO探偵?〈謎、解いてます!〉
三島由紀夫 TBSヴィンテージクラシックス編　告白　三島由紀夫未公開インタビュー
三浦綾子　ひつじが丘
三浦綾子　岩に立つ
三浦綾子　あのポプラの上が空〈新装版〉
三浦明博　滅びのモノクローム
三浦明博　五郎丸の生涯
宮尾登美子　新装版　天璋院篤姫(上)(下)
宮尾登美子　新装版　一絃の琴
宮尾登美子　東福門院和子《まさこ》の涙(上)(下)〈レジェンド歴史時代小説〉
皆川博子　クロコダイル路地
宮本　輝　骸骨ビルの庭(上)(下)
宮本　輝　新装版　二十歳《はたち》の火影《ほかげ》
宮本　輝　新装版　命の器
宮本　輝　新装版　避暑地の猫
宮本　輝　新装版　ここに地終わり　海始まる(上)(下)
宮本　輝　新装版　花の降る午後(上)(下)
宮本　輝　新装版　オレンジの壺(上)(下)
宮本　輝　にぎやかな天地(上)(下)
宮本　輝　新装版　朝の歓び(上)(下)
宮城谷昌光　夏姫春秋(上)(下)
宮城谷昌光　花の歳月
宮城谷昌光　重耳《ちょうじ》(全三冊)
宮城谷昌光　介《かい》子《し》推《すい》
宮城谷昌光　孟嘗君　全五冊
宮城谷昌光　子産(上)(下)
宮城谷昌光　湖底の城〈呉越春秋〉一
宮城谷昌光　湖底の城〈呉越春秋〉二
宮城谷昌光　湖底の城〈呉越春秋〉三
宮城谷昌光　湖底の城〈呉越春秋〉四
宮城谷昌光　湖底の城〈呉越春秋〉五
宮城谷昌光　湖底の城〈呉越春秋〉六
宮城谷昌光　湖底の城〈呉越春秋〉七
宮城谷昌光　湖底の城〈呉越春秋〉八
宮城谷昌光　湖底の城〈呉越春秋〉九
宮城谷昌光　俠骨記〈新装版〉
水木しげる　コミック昭和史1〈関東大震災～満州事変〉
水木しげる　コミック昭和史2〈満州事変～日中全面戦争〉
水木しげる　コミック昭和史3〈日中全面戦争～太平洋戦争開始〉
水木しげる　コミック昭和史4〈太平洋戦争前半〉
水木しげる　コミック昭和史5〈太平洋戦争後半〉
水木しげる　コミック昭和史6〈終戦から朝鮮戦争〉
水木しげる　コミック昭和史7〈講和から復興〉
水木しげる　コミック昭和史8〈高度成長以降〉
水木しげる　敗走記
水木しげる　白い旗
水木しげる　姑《クー》娘《ニャン》
水木しげる　決定版　日本妖怪大全〈妖怪・あの世・神様〉
水木しげる　ほんまにオレはアホやろか
水木しげる　総員玉砕せよ!〈新装完全版〉
宮部みゆき　新装版　震える岩〈霊験お初捕物控〉
宮部みゆき　新装版　天狗風〈霊験お初捕物控〉
宮部みゆき　ICO《イコ》—霧の城—(上)(下)
宮部みゆき　ぼんくら(上)(下)
宮部みゆき　新装版　日暮らし(上)(下)
宮部みゆき　おまえさん(上)(下)
宮部みゆき　小暮写眞館(上)(下)

講談社文庫　目録

宮部みゆき　ステップファザー・ステップ〈新装版〉
宮子あずさ　看護婦が見つめた人間が死ぬということ
宮本昌孝　家康、死す(上)(下)
三津田信三　忌《い》館《かん》〈ホラー作家の棲む家〉
三津田信三　作者不詳〈ミステリ作家の読む本〉(上)(下)
三津田信三　蛇《じゃ》棺《かん》葬《そう》
三津田信三　百《ひゃく》蛇《じゃ》堂《どう》〈怪談作家の語る話〉
三津田信三　厭魅《まじもの》の如き憑くもの
三津田信三　凶鳥《まがとり》の如き忌むもの
三津田信三　首無《くびなし》の如き祟るもの
三津田信三　山魔《やまんま》の如き嗤《わら》うもの
三津田信三　水魑《みづち》の如き沈むもの
三津田信三　密室《ひめむろ》の如き籠《こも》るもの
三津田信三　生霊《いきたま》の如き重《だぶ》るもの
三津田信三　幽女《ゆうじょ》の如き怨むもの
三津田信三　碆霊《はえだま》の如き祀るもの
三津田信三　魔偶《まぐう》の如き齎《もたら》すもの
三津田信三　忌名《いな》の如き贄《にえ》るもの
三津田信三　シェルター　終末の殺人

三津田信三　ついてくるもの
三津田信三　誰かの家
三津田信三　忌《い》物《ぶつ》堂《どう》鬼《き》談《だん》
道尾秀介　カラスの親指〈by rule of CROW's thumb〉
道尾秀介　カエルの小指〈a murder of crows〉
道尾秀介　水の柩
深《み》木《き》章《あき》子《こ》　鬼畜の家
湊かなえ　リバース
宮内悠介　彼女がエスパーだったころ
宮内悠介　偶然の聖地
宮《みや》乃《の》崎《さき》桜《さくら》子《こ》　綺《き》羅《ら》の皇《ひめ》女《みこ》(1)
宮乃崎桜子　綺羅の皇女(2)
三國青葉　損料屋見《けん》鬼《き》控え　1
三國青葉　損料屋見鬼控え　2
三國青葉　損料屋見鬼控え　3
三國青葉　福猫屋〈お佐和のねこだすけ〉
三國青葉　福猫屋〈お佐和のねこかし〉
三國青葉　福猫屋〈お佐和のねこわずらい〉
三國青葉　母上は別《べっ》式《しき》女《め》

宮西真冬　誰かが見ている
宮西真冬　首の鎖
宮西真冬　友達未遂
宮西真冬　毎日世界が生きづらい
南杏子　希望のステージ
嶺里俊介　だいたい本当の奇妙な話
嶺里俊介　ちょっと奇妙な怖い話
溝口敦　喰うか喰われるか〈私の山口組体験〉
三谷幸喜・松野大介　三谷幸喜　創作を語る
村上龍　愛と幻想のファシズム(上)(下)
村上龍　村上龍料理小説集
村上龍　新装版限りなく透明に近いブルー
村上龍　新装版コインロッカー・ベイビーズ
村上龍　歌うクジラ(上)(下)
向田邦子　新装版眠る盃
向田邦子　新装版夜中の薔薇
村上春樹　風の歌を聴け
村上春樹　1973年のピンボール
村上春樹　羊をめぐる冒険(上)(下)

講談社文庫　目録

講談社文庫　目録

講談社文庫　目録

桃戸ハル編・著　5分後に意外な結末〈ベスト・セレクション〉
桃戸ハル編・著　5分後に意外な結末〈ベスト・セレクション　黒の巻・白の巻〉
桃戸ハル編・著　5分後に意外な結末〈ベスト・セレクション　心震える赤の巻〉
桃戸ハル編・著　5分後に意外な結末〈ベスト・セレクション　心弾ける橙の巻〉
桃戸ハル編・著　5分後に意外な結末〈ベスト・セレクション　金の巻〉
桃戸ハル編・著　5分後に意外な結末〈ベスト・セレクション　銀の巻〉
森　　功　高倉健〈隠し続けた七つの顔と「謎の養女」〉
森　　功　地面師〈他人の土地を売り飛ばす闇の詐欺集団〉
望月麻衣　京都船岡山アストロロジー
望月麻衣　京都船岡山アストロロジー2〈星と創作のアンサンブル〉
望月麻衣　京都船岡山アストロロジー3〈恋のハウスと檸檬色の憂鬱〉
桃《もも》野《の》雑《ざっ》派《ぱ》　老虎残夢
森沢明夫　本が紡いだ五つの奇跡
山田風太郎　甲賀忍法帖〈山田風太郎忍法帖①〉
山田風太郎　伊賀忍法帖〈山田風太郎忍法帖③〉
山田風太郎　忍法八犬伝〈山田風太郎忍法帖④〉
山田風太郎　風来忍法帖〈山田風太郎忍法帖⑪〉
山田風太郎　新装版 戦中派不戦日記
山田正紀　大江戸ミッション・インポッシブル〈顔役を消せ〉

山田正紀　大江戸ミッション・インポッシブル〈幽霊船を奪え〉
山田詠美　晩年の子供
山田詠美　A《エイ》2《トゥ》Z《ズイ》
山田詠美　珠玉の短編
柳家小三治　ま・く・ら
柳家小三治　もひとつま・く・ら
柳家小三治　バ・イ・ク
山口雅也　落語魅《ミ》捨《ステ》理《リ》全集〈坊主の愉しみ〉
山本一力　深川黄表紙掛取り帖
山本一力　牡丹酒〈深川黄表紙掛取り帖㈡〉
山本一力　ジョン・マン1 波濤編
山本一力　ジョン・マン2 大洋編
山本一力　ジョン・マン3 望郷編
山本一力　ジョン・マン4 青雲編
山本一力　ジョン・マン5 立志編
椰月美智子　十二歳
椰月美智子　しずかな日々
椰月美智子　ガミガミ女とスーダラ男
椰月美智子　恋愛小説

柳広司　キング&クイーン
柳広司　怪談
柳広司　ナイト&シャドウ
柳広司　幻影城市
柳広司　風神雷神(上)(下)
薬丸岳　闇の底
薬丸岳　虚夢
薬丸岳　刑事のまなざし
薬丸岳　逃走
薬丸岳　ハードラック
薬丸岳　その鏡は嘘をつく
薬丸岳　刑事の約束
薬丸岳　Aではない君と
薬丸岳　ガーディアン
薬丸岳　刑事の怒り
薬丸岳　天使のナイフ〈新装版〉
薬丸岳　告解
山崎ナオコーラ　可愛い世の中
矢月秀作　A《ア》C《ク》T《ト》〈警視庁特別潜入捜査班〉

講談社文庫　目録

2024年9月13日現在